KB093220

# 환희의 책

김멜라

# 환희의 책

## 김멜라

소설

**PIN**
**052**

차례

PIN

052

# 환희의 책

김멜라

태초에 큰 웃음이 있었네.
그 웃음은 무수한 침방울 내뿜었고
별과 우리를 온 우주에 퍼뜨렸네.

# 비생식 연구 네트워크

우리는 인간을 '두발이엄지'로 분류한다. 우리를 잡으려고 발달한 엄지가 인간 신체의 가장 큰 특징이기 때문이다. 낮의 탐욕과 밤의 악몽을 찍어대는 뇌의 전두엽이나 내골격 구조의 굼뜬 이족보행은 이 행성의 주인인 우리가 보기에 퍽 안타까운 진화적 오류다. 대체 인간은 그 두 발로 걷기 위해 평생 몇 번이나 나자빠진단 말인가?

알다시피 우리의 아기들은 알에서 깨어나자마자 스스로 움직여 살아간다. 잎사귀를 찾아 나무를 기어오르고(자생성), 더 크고 위협적으로 보이기 위해 다른 유체들과 뭉쳐 하나의 대열을 이루며(전략 구상과 그에 따른 협력성), 입술샘에서 단백질 실을 뽑아내 자기 몸에 꼭 맞는 고치를 만들어 그 안에서 잠잔다(탈피로 향해 가는 몽환의 캡슐!).

더불어 우리는 관찰하고 모험하는 우리의 본성을 발휘해 미숙하기 짝이 없는 두발이엄지들의 생태를 기록해왔다. 지금 이 순간에도 두발이엄지 1인당 약 2억 마리의 절지동물이 감지 거리 안의 인간을 관찰하며 그들의 종적 특성을 채집하고 있다.

여름 한낮의 수컷 매미가 모두 암컷을 유혹하기 위해 날개를 비빈다고 생각하는가? 가을밤 쓰르라미와 쌕쌔기가 오직 번식을 위해 그토록 간절한 음악을 만든다고 여기는가?

우리의 쉼 없는 갉작임과 마찰음은 단연코 짝짓기만을 위한 것이 아니다. 우리는 우리에게 주어진 신체 부위를 이용해 뱅뱅뱅 보보보 돌고 도는 이 행성의 미친 회전력을 칭송한다. 우리는 잎이나 나무껍질에 우리만의 기호를 새겨넣으며 지구를 뒤흔든 소행성 충돌과 빙하기에 관해 기록했고, 식물의 뿌리 형태를 모방한 우리만의 데이터

베이스 시스템을 구축했다. 그중 다지류 대중에게 가장 널리 알려진 문헌은 참나무 진을 빨아 먹던 장수풍뎅이께서 지구에 불어닥친 여섯 번째 재앙을 수피 오목새김으로 기록한 것이다(교육생은 당시 번갯불에 그을린 참나무 껍질의 요철 형태를 앞다리로 맛보시오).

두루마리구름의 전자 폭풍이 이 땅에 대불꽃 바람을 일으켰을 때!

강건하고 슬기로우신 외뿔장수풍뎅이는 그 위기의 순간을 우리들의 상형문자로 서술하셨다. 그리고 우리 비생식 연구 네트워크는 그 구비 자료를 정리해 『덩치와 위장은 작을수록 이롭다』라는 암각 출판물로 펴냈다(교육생은 그 암석의 마그네슘 돌출부를 각자의 외수용기로 접촉하시오).

뚜기부기 뚝새풀처럼!

이것이 두발이엄지를 연구하는 우리 저술가들의 자세다. 트랙터 바퀴에 달라붙어서라도 씨앗을 퍼트리는 뚝새풀의 기세로 우리는 두발이엄지에 관해 저술한다. 내가 속한 조직은 두발이엄지들의 기록물 중 '비생식 동거 집단'의 자료를 재창작해 전 우주에 배포하는 일을 담당한다. 왜 하필 비생식 집단이고, 어째서 우리가 그 기록을 우주 곳곳에 퍼진 무척추동물 동지들과 공유하려 하는지는 본 연구물을 끝까지 읽으면 알게 될 것이다. 일러둘 점은 우리가 단지 설익은 인간 혐오나 복수심으로 두발이엄지에 관한 글쓰기를 이어가는 게 아니라는 것이다. 교활하기 그지없는 살충제로 제아무리 인간이 망나니 칼춤을 춘다 해도 고고한 진화적 흐름이 만들어낸 두발이엄지를 어찌 미워만 할 수 있겠는가? 내리사랑은 있어도 치사랑은 없다는 말처럼, 손윗생명인 우리가 손아랫생명인 인간을 향하는 마음에는 언제나 서글픈 동정심이 배어 있다(그러나 교육생들은 저마다 배마디에 새긴 저술가로서의 대우주적 책무를 외면하지 말길 바란다).

갉고, 씹고, 뚫고, 빨아대는 우리의 다양한 입틀로 새긴 기호를 분석하는 동시에, 전승 과정에서 덧붙여지거나 삭제된 기록을 다시금 글로 창작하는 일에는 고도의 전문 기술이 필요하다. 더구나 그 과정에서 피치 못하게 두발이엄지의 습속을 자세히 들여다볼 수밖에 없기에 우리 조직원들에겐 악취와 어둠 속에서도 더듬이를 와짝 세우고 나아가는 강한 정신력이 필수 덕목이다. 끊임없이 신경을 줄질해대는 글쓰기의 압박감에서 벗어나고자 때때로 우리가 술이나 환각제의 도움을 받는 것도 사실이다. 나 역시 한때는 맥주나 위스키에 흠뻑 빠지고 난 다음에야 인간 작태에 관한 글쓰기를 이어갈 수 있었다. 습작기 시절에 내가 호기롭게 시작한 『즙, 향 그리고 풀잎 소울』이란 글은 차마 인간 특유의 매캐한 헤모글로빈 얼룩을 이겨내지 못하고 결국 퇴고 과정에서 포기하고 말았다. 다행히 이제는 환각에 기대지 않고도 두발이엄지의 행태를 초연하게 바라볼 수 있게 되었지만 지금도 여전히 우리의 저술가들은 몽롱한 정신으로 두발이엄지에 관한 책을 쓰고 있다.

『밝은 두발이와 어두운 두발이』

지은이 ⟪⟫ 사과굴나방

조력 식품 ⟪⟫ 갈황색미치광이버섯에 떨어져 큼큼하게 발효된 사과즙

『과연 인간은 암수한몸이 될 자격이 있는가』

지은이 〰〰 가시주름달팽이

조력 식품 〰〰 신갈나무 껍질을 뚫고 자란 청금색 균사체에 진달래 꽃가루와 쌉쓰레한 밤꿀을 섞은 혼합액

위에 나오는 즙과 꿀은 발효 과정에 따라 맹독 성분이 함유돼 있기에 어지간한 담력이 아니고선 음용할 수 없다. 우리의 저술가들은 그 위험을 무릅쓰고 자해나 다름없는 인간에 관한 글쓰기에 뛰어들고 있으며, 연구소의 출판물 준칙에 따라 집 필에 도움을 받은 자연의 선물을 빠짐없이 출판 등록 사항에 표시하고 있다. 나 또한 조직의 내규 에 따라 연구소의 교육생들에게 저술 작업 시 촉 발될 수 있는 산업재해에 관해 충분히 인지시키고 자 한다.

놀라운 것은 이번 알까기 분기에 입단한 새로 운 교육생들은 두발이엄지를 직시하는 데 있어 그 어떤 화학작용에도 의존하지 않았다는 점이다. 그 들은 카리브해로 몰려가는 메뚜기 떼에게 길을 묻

고, 대서양을 건너는 바다 소금쟁이에게 건네받은 해도를 보며, 내가 있는 이 연구소로 찾아왔다. 그들은 우리 연구소가 내걸은 가치와 신념에 전율했다. 경탄스럽게도 전문가 과정을 다 마치기도 전에 자신만의 특질을 발휘해 저술에 돌입했고, 문학적 감수성이 풍부한 '저술가 1'은 필명까지 정해 발표하는 기지를 선보였다. 아래는 그가 비생식 저술가로서 첫발을 내딛는 포부를 적은 「활자를 이고 지고」의 도입부다.

내 필명은 티끌트윙클. 빛나는 먼지, 작고 가벼운 빛이지. 다리는 여섯 개, 배에는 뛰어오르는 도약기가 있어. 인간들이 생각하는 것처럼 위험을 느껴서 도망치려고 뛰는 건 아냐. 나는 이유 없이 튀어 올라.                              콕

콕

킥                    킥

뛰는 게 기쁘고 그게 바로 나니까. 나는 작고 가벼워서 언제든 솟구칠 수 있으니까. 새들의 뼛속이 가볍게 비어 있는 것처럼, 나는 내 안의 여백을 돛대

삼아 뱅글 돌지. 착지할 때 아! 튀어 오를 때 하! 아 핫핫핫핫핫핫핫핫! 세계는 열린 목구멍. 언제나 글쓰기의 좋은 점을 생각해. 진실로 나는 그렇게 생각해. 가랑잎의 잎자루를 흡착해 끌고 가는 지렁이, 세상의 모든 쓰기와 읽기는 그 지렁이가 가야 하는 땅굴 길이라고 생각해.

이처럼 서정적이고 재기발랄한 문체의 저술가 1과 다르게 저술가 2는 좀 더 객관적인 서술로 집필에 접근했다. 아래는 그가 제출한 과제물 「전자시대, 탈피란 무엇인가」의 일부다.

번개,

그것이 우리의 전기차다. 필자와 톡토기 그리고 집유령거미는 연구소에서 받았던 훈련대로 번개 채널 속 구름의 음전하와 접촉을 시도했다. 번개가 이끌어주는 어마어마한 빛의 힘을 믿으며 우리의 각 피와 신경절을 온전히 그 전자 폭풍에 내맡겼다. 이전에 회오리바람을 타고 대륙과 대륙 사이를 이동했던 것보다 더 크고 험난한 도전이었다. 관절지에 온 힘을 빼고 토네이도에 휘감겨 하늘로 상승하던 것과 다르게 이번에는 벼락이 내려치는 순간에 맞춰 우리 안에 잠재된 전자에너지를 힘껏 내뿜어야 했다. 우리는 두발이엄지가 우리에게 주는 교훈을 되새겼다. 여섯 번이나 벼락을 맞고도 살아난 한 남자가 스스로 죽음을 선택한 이유가 다름 아닌 상사병 때문이었다는 이야기. 그렇다. 우리가 우리 자신의 힘을 스스로 한계 짓지 않는 한 자연은 언제나 우리를 더 멀리 데려간다. 우리야말로 이 지구 상의 생명체 중 최초로 바다에서 육지로 모험을 감행한 탐험가가 아니던가. 북극의 얼음부터 사막의 모래까지, 짠물과 끓는 물을 가리지 않으며 바다사자의 콧구멍과 말의 위산 속에서도 살아남은 우리의 강한 생명력을 믿고서, 교육생들은 번쩍이는 빛을 향해 앞다리를 들었다. 몇 번의 시도 끝에 마침내 우리는 날카로운 방사형 섬광에 올라탔으며, 화려하고 고요한 반짝임으로 지구의 대기권을 미끄러지다 번개의 계단 선도를 따라 땅으로 착지했다. 우주 곳곳에 퍼진 우리의 동지들이 그렇게 대기의 흐름과 우주의 홀짝 운동을 이용해 전류를 타고 다닌다는 누 선생의 말을 필자는 비로소 실감할 수 있었다. 그것은 홀짝홀짝 뒷다리를 접었다 펼치는 것만큼이나 단순한 원리이지만, 미성숙한 두발이엄지들은 그 능력을 믿으려 하지 않기에 홀짝 운동을 이용할 수도 없다. 가령, 두발이엄지 한 사람 안에 꼬여 있는 음이온과 양이온을 모두 풀어 펼치면 지구를 5백만 번이나 감싸고도 남는다. 두발이엄지들은 그걸 DNA라고 부른다. 그렇다. 한 사람의 몸 안에는 지구에서 달까지 8천 번쯤 오갈 수 있는 홀짝 정보가 담겨 있는 것이다. 그 꼬인 끈들은 우주로 향하는 밧줄이기도 하다. 두발이엄지들의 책 『해와 달이 된 오누이』에는 그 끈을 타고 가는 과정이 은유적으로 표현돼 있다. 책에선 위험에 처한 오누이에게 하늘에서 밧줄이 내려왔다고 하지만, 실은 아이들이 자기 안의 홀짝 끈을 풀어 하늘로 향한 것이다. 다른 말로는 죽었다고도 한다. 그러나 두발이엄지는 그 말에 근거 없는 공포심을 갖고 있기에 필자는 쓰지 않을 생각이다. 인간이 우릴 보고 말하듯 '탈바꿈'이라고 할까? 갖춘탈바꿈과 안갖춘탈바꿈?

특정 용어를 고민하는 동시에 자신을 '필자'라 칭하는 태도는 연구 대상과 일정 거리를 둬야 하는 저술가로서의 자질을 증명하고 있었다.

이렇듯 자신만의 관점을 찾아가는 두 교육생과 다르게 마지막 교육생은 여덟 개의 다리로 자신의 실젖을 쓰다듬을 뿐 쉽게 집필에 돌입하지 않았다. 그러다 우리의 훈련 과정이 막바지에 접어들 무렵, 그 과묵한 교육생은 짤막한 이야기를 만들어 나에게 전했다. 그 글은 우리의 토론 모습이 담긴 한 편의 시나리오였다.

### # 비생식 연구 네트워크 내부. 낮.

어느 석회암 침식 동굴 안. 연구원과 교육생들 모여 있다. 원형 돌 위에 구비 자료 수북하고, 뽕나무 잎 위엔 먹다 만 흙가루와 과일 껍질이 있다. 연구 열기 뜨겁다.

**톡토기** (풍뎅이의 연갈색 허물 앞에서) 날개돋이에도 인간의 기록이 있나요?

**누 선생** 거기, 과냉각된 물방개 공기 방울을 이용해 탈피선을 보라. 껍질이 갈라진 각도를 관찰하라.

**모기** (좀먹은 나무토막을 앞다리로 누르며) 이 자료는 돋을새김이 정확지 않습니다. 소금기 바람에 말린 엉겅퀴 꽃가루가 필요할까요?

**누 선생** 그 자료에는 석양빛에 삭아가는 쥐꼬리가 알맞다. 홍점알락나비 연구원에게 문의하도록.

(카메라 팬, 연구소 내부를 천천히 비춘다. 종유석 끝에서 떨어지는 지하수부터 동굴 밖 멀리 보이는 삼나무 숲까지. 다시 반원을 돌아 원점.)

**누 선생** (동굴 천장에 매달려) 알다시피, 몰라서 저지른 잘못은 잘못이 아니다.

**모기** (누 선생을 올려다보며) 아뇨, 인간은 벌레잡이약에 관해 아주 잘 알고 있습니다!

**누 선생** 안다는 것이 무엇인가? 우리는 인간성의 본질에서 시작해야 한다. 예수가 한 말을 잊었는가? (목소리 톤 바꿔서) 저들은 자신들이 하는 일을 모르나이다.

**톡토기**  그 골고다 언덕에 우리도 있었나요?

**누 선생**  물론이다. 인간들은 예수의 손에 쇠못을 박고, 옆구리를 찌르고, 침을 뱉으며 모욕했지만, 우리는 그 외로운 이와 끝까지 함께하며 십자가를 갉작였다.

**모기**  그렇다면 성모마리아는 깍지마리아로 명칭을 바꾸는 게 좋겠습니다.

**누 선생**  어째서 그러한가?

**모기**  마리아도 깍지벌레처럼 교미 없이 생식했기 때문입니다. 자신을 쪼개 또 다른 자신을 만드는 것도 생식에 포함됩니까?

모기와 톡토기, 답변을 바라는 표정으로 누 선생을 올려다본다.

**누 선생**  (과장된 울림 톤, 동굴 목소리로) 생식과 비생식의 기준은 자기 안의 신을 깨닫는 것. 신은 언제나 여섯 개의 발로 우리 아래에 있다. 날개로 우리를 들어 올린다.

이처럼 교육생들은 자기만의 기질을 쇠똥구리의 쇠똥처럼 뭉쳐 글쓰기를 향한 충동 앞에 물구나무를 섰다. 이제 그들에게 남은 것은 직접 날것의 채록물을 분석해 형식적 질서를 갖춘 연구 텍스트로 변환하는 일이었다. 나는 그간 현장에서 수집해온 음성 자료와 시각 기호를 그들에게 전달했고, 그들은 두 성인 암컷의 비생식 생태에 집중했다. 새로운 저술가들은 공동 집필을 희망했으며, 서로 다른 스타일로 하나의 구비 자료를 재창작하기로 했다.

먼저 공저자 1(한점털보톡토기/성체가 된 후에도 지속적 탈피 지향)은 자기의 단락을 시작할 때 '티끌 트윙클'이란 필명을 앞세워 자신이 내뿜은 점액질 위로 미끄러져 가는 민달팽이처럼 하나의 문장에서 또 하나의 문장으로 나아가겠다고 밝혔다.

더불어 공저자 2(빨간집모기/비흡혈 비산란 지향)는 '모기 필자'라는 말을 줄인 '모필자'라는 별호를 사용하겠다고 했으며, 전진과 후퇴라는 타고난 아웃복서의 풋워크를 살려 두발이엄지들의 생태를 외골격계의 큐티클 시선으로 비평하는 동시에, 그들의 내면 심리를 이른바 전지적 북극성 시점으로 굽어보며 서술하겠다고 천명했다.

반면에 공저자 3(집유령거미/비정주 비육식 지향)은 아무런 이름으로도 불리고 싶지 않다고 의사를 밝혔다. 다만 모든 장면 앞에 붙는 '#' 기호로 자신의 단락을 표시하겠다고 했으며, 선들이 교차하는 그 기호는 거미줄의 형태를 닮았기에 나는 기쁘게 찬성했다.

내 소개가 늦었다. 나는 누 선생이라 불리는 연구 네트워크의 교육관이자 특임 연구원으로서, 굳이 내 계보를 밝히자면 인간들이 행한 유전학 실험에 있어 초파리와 함께 가혹한 피험 대상이 되었던 누에나방의 후손이다. 내 조상들은 샬레에 갇혀 논문의 그래프를 위한 통계 숫자가 되신 것도 모자라 우리의 유체는 공장식 뽕나무 선반에 갇혀 고치를 만드는 순간 뜨거운 물에 통째로 삶아지는 고난을 겪어왔다. 실을 뽑아낸 번데기는 또다시 삶기고 버무려져 야시장 노점의 단골 메뉴가 되었으니, 우리가 당한 그 착취의 역사에 어찌 분기탱천하지 않으리오.

나는 우리의 저술가들에게 말했다.

믿기 어려울 정도의 사소함, 그것이 우리가 부여받은 필력이다. 가라, 톡토기답게 뛰어 올라 유한한 두발이의 삶을 무한한 갉작임으로 기록하라. 모기답게 깊숙이 침을 찔러 익은 복숭아 같은 인간의 외피에서 비탄의 적혈구를 뽑아내라. 거미답게 단백질 실을 엮어 우리를 눌러 죽이는 그들의 엄지와 검지 사이에 방사형 텍스트를 수놓아라!

가을 〰 짝짓기와 구애

버들과 호랑,

모필자가 말한다.

앞으로 우리가 연구하고 해석할 두발이엄지의
이름을 명명한다. 그들은 성인 두발이 암컷으로,
비생식 동거 집단의 표본 중 한 사례다. 우리 관찰
자들은 그간 그들의 성장기를 각종 소리와 시각
기호로 채집해왔다. 그들의 집에 살던 개미와 파
리, 그들의 기저귀에 묻은 똥즙을 빨아 마시던 나
방, 그들이 사들인 옷과 가방에 깃들어 살던 좀, 그
들의 화분에 은거한 응애, 욕실 창으로 침입한 쥐
며느리와 지네, 그들의 곡식과 가구에 서식하는

바구미와 진드기, 그들과 함께 사는 네발 동물의 털 속 벼룩(위장 속 회충과 그 밖의 무수한 미소동물들)이 우리의 관찰자들이었다. 우리는 수억 쌍의 홑눈과 겹눈으로 보고, 털과 더듬이로 각종 진동 신호를 감지하며 두 여자의 일대기를 차곡차곡 모아 연구의 양적 방법론을 갖춰갔다.

한동안 각기 다른 채집 기호로 수집되던 두 암컷 엄지의 기록은 그들의 첫 교미 뒤부터 통합 관리되었으며, 본 연구와 저술은 그 통합본을 바탕으로 하되, 필요시 그들의 유·청소년기 기록을 활용해 그들이 일으키는 크고 작은 소동의 동기를 파악하는 암시적 근거로 삼았다.

짚고 넘어갈 점은 그들의 나이나 생김새, 직업, 사는 곳, 기타 사회적 관계에 관한 자료는 입에서 입으로, 날개에서 날개로, 페로몬에서 페로몬으로 옮겨지며 불가피하게 왜곡되거나 훼손되었다는 것이다. 그리하여 우리는 그 모든 부수적 요소를 과감히 생략하고, 그들의 신체적·정신적 주요 접촉 순간에 초점을 맞췄다.

한편 그들을 가리킬 형식상 명칭이 필요하기에

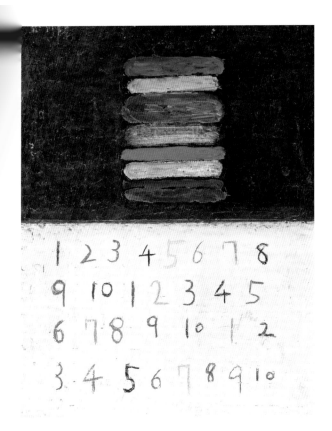

ARTIST
OH SE-YEOL

H
현대문학 ✕ 아티스트
오세열

〈현대문학 핀 시리즈〉는 아티스트의 영혼이
깃든 표지 작업과 함께 하나의 특별한 예술작
품으로 재구성된 독창적인 소설선, 즉 예술 선
집이 되었다. 각 소설이 그 작품마다의 독특한
향기와 그윽한 예술적 매혹을 갖게 된 것은 바
로 소설과 예술, 이 두 세계의 만남이 이루어
낸 영혼의 조화로움 때문일 것이다.

**오세열**
1945년 서울에서 태어나 서라벌예술대학과 중앙대
학교에서 수학했다. 부산시립미술관, 대전시립미술
관, 국립현대미술관, 학고재 상하이 등에서 다수의 개
인전 및 그룹전을 가졌다. 국립현대미술관, 대전시립
미술관, 프레데릭 R. 와이즈만 예술재단(미국 로스앤
젤레스) 등 국내외 주요 미술 기관에서 작품을 소장하
고 있다.

Untitled, 2015, Oil on canvas, 60×46cm
© 오세열

우리는 그들의 습성 중 우리와 유사한 면을 추출해 한 사람씩 작명했다.

두발이엄지 암컷 1 '버들'

버들잎벌레는 봄에서 초여름까지 버드나무 잎을 씹다가 한여름이 되면 땅 밑에서 자기 시작해 이듬해 초봄까지 내리 수면한다. 앞으로 보게 되겠지만, 버들잎벌레의 동면과 하면은 인간 '버들'의 생체리듬과 흡사하다.

두발이엄지 암컷 2 '호랑'

배 둘레에 빽빽한 털이 난 호랑꽃무지의 생김새는 인간 '호랑'과 닮았다. 앞으로 알게 되겠지만, 인간 호랑은 겨드랑이와 가랑이 사이에 수북한 털이 있으며, 이 부위의 접촉 행위는 두 암컷 엄지의 친밀감 형성에 도움이 되었다.

이상, 필자는 그들의 이름 짓기에 있어 윤리적이고 도의적인 가치를 훼손하지 않고자 노력했음을 밝힌다. 알다시피 연구소 출판물 『이름에 얽힌 멸시와 조롱의 몸져누운 역사』에는 지구 생명체를 부르는 인간의 거칠고 투박한 안목이 담겨 있다. 두발이엄지의 언어 활용은 때론 몹시도 잔혹해서 지렁이 이름에 '낚시'를 붙이는 짓을 서슴지 않는다. 뒷다리를 붙잡으면 방아를 찧는 것처럼 몸을 바동거린다고 해서 방아깨비라 부르다니, 필자는 모욕감에 눈앞이 뿌예질 지경이다. 콩과 식물을 먹는다고 해서 콩중이, 팥과 식물을 먹는다고 팥중이라고 부른다면, 잡식과 폭식으로 얼룩진 인간의 식성은 뭐라고 불러야 할까? 인간들은 입 속의 혀로만 맛을 느끼지만, 파리는 섬세한 발끝으로 조촘조촘 걸으며 맛을 느낀다. 달팽이가 바위의 응달과 양달을 오가며 어떻게 배로 맛을 느끼는지 아는가? 딱정벌레가 더듬이와 다리로 썩은 참나무를 얼마나 자세히 음미하는지 알고 있는가? 먹음으로써 뜨거워지고, 먹힘으로써 다시 시원해지는 우리의 섭식 활동을 인간에게 어떻게 이해시킬 것인가.

누 선생의 말씀대로 지구의 모든 구성원에겐 실상 어떤 이름도 어울리지 않는다. 이름이란 하나로 고정할 수 없는 우리의 탈바꿈을 가둬놓는 두발이엄지의 형식이다. 우리는 한시도 멈춰 있지 않고 늘 다른 것으로 흐른다. 물방개와 물땅땅이는 두꺼비에게로 흘러 구름이 되고, 왕풍뎅이와 산누에나방은 동고비에게로 흘러 빗방울이 된다. 꽃과 나무는 나비로 날개를 갖고, 땅과 바위는 벼룩의 도움으로 점프한다. 느낄 수 있겠는가? 위가 들리고 밑이 빠지는 쾌감을, 삼키는 뜨거움과 씹히는 상쾌함을, 구름으로 응결되고 빗방울로 추락하는 기쁨을. 두발이엄지도 우리처럼 믿고 느끼는가?

# 모텔. 첫날밤.

술 취한 호랑이 침대에 쓰러진다. 버들이 호랑의 옆에 앉아 얼굴을 내려다본다. 조금 머뭇거리다 호랑의 양말을 벗긴다. 호랑의 셔츠 단추를 풀려다가 멈칫한다.

**버들**  (계세요?라고 노크하듯) 만져봐도 될까요?

호랑이 눈을 감은 채 고개를 끄덕인다. 버들이 호랑의 셔츠 위로 손을 올린다. 단추를 하나씩 풀고 호랑의 팔을 들어 셔츠를 벗긴다.

**버들**  만져봐도 될까요?

버들의 말에 호랑이 다시 고개를 끄덕인다. 취한 척하는 건지 정말 취한 건지 알 수 없다. 버들이 브래지어를 벗기자 호랑의 맨가슴이 드러난다.

**버들**  만져봐도…… 될까요?

호랑의 세 번째 끄덕임. 버들이 호랑의 가슴에 손을 올린다. 감촉을 느끼며 손가락을 약간 꼬물거린다. 잠시 뒤 버들이 호랑의 청바지 지퍼를 내리고 다리 한쪽을 들어 바지를 벗긴다(이때 두 사람 사이에 애드리브 몸짓 가능). 버들은 약간 헐떡이며 호랑의 몸을 내려다본다. 여자의 가슴, 여자의 가랑이, 여자의 허벅지.

달아오른 버들의 얼굴(익스트림 클로즈업). 버들이 호랑의 팬티를 벗긴다. 거웃을 드러낸 호랑의 하반신. 그리고 배경 음향.

쓰르라미, 쌕쌔기, 철써기 울음이 돌림노래처럼 이어서 한동안.

(배경음 서서히 잦아들며 오버랩 목소리/버들)

만져봐도 될까요?

만져봐도 될까요?

만져봐도 될까요?


**버들**  (무릎 꿇고 앉아) ⋯⋯넣어봐도 될까요?

어미 지네가 희고 노르스름한 알들 하나하나에 자신의 타액을 묻히듯, 티끌트윙클이 튀어 오른다. 벌거벗은 두 암컷 엄지는 서로의 뺨과 목덜미를 핥았지. 서로의 몸에 달라붙은 두려움과 망설임의 돌기를 남김없이 맛봤어. 두 사람 모두 취해 있었지. 호랑은 발효된 곡물 폭탄주에, 버들은 여성을 향한 욕망에. 호랑은 다른 암컷과 짝짓기를 시도한 적이 있었지만, 버들은 처음이었거든. 처음이라서 그런 거라고, 처음이면 그럴 수 있다고, 호랑은 버들의 호기심을 이해했어. 호랑은 만지고 싶은 마음에서 쏟아져 나오는 버들의 온기와 압력이 자신의 피부에 손자국과 입술 무늬를 내주길 바랐지. 버들의 앞에 한 무더기의 황토가 되어 버들의 타액에 차지게 반죽되고, 버들의 숨결에 단단히 굳어 새로운 형태가 되고 싶었어. 호랑은 털로 빽빽한 어둠, 얼음.쐐기가 박혀 쩍 하고 쪼개져야 할 바위, 버들잎벌레를 기다리는 버드나무 이파리였

지. 호랑은 버들에게 씹히고 부서져 세상에서 말
끔하게 소화되고 싶었어. 호랑의 바람대로 버들은
호랑의 가슴과 배를 꼭꼭 씹어 음미했지. 새삼 인
간의 몸에 그토록 만족스러운 부위가 있다는 게
믿기지 않았어. 믿음을 갖기 위해 버들은 키스했
고, 작고 여린 목소리로 호랑에게 접촉 의사를 물
었어. 누 선생이 말하길, 두발이엄지의 타액 교환
은 달팽이의 정자 교환만큼이나 눈치와 타이밍 싸
움이라고 하더군. 암수한몸인 달팽이는 상대의 정
자가 쌩쌩한지 비실거리는지 촉수를 뻗어 상대의
건강을 꼼꼼히 살피거든. 버들과 호랑의 교미 기
록에서 나는 특히 버들의 짝짓기 태도가 마음에
들어. 물론 내가 비생식을 지향하긴 하지만, 내가
바라는 짝짓기 스타일은 있으니까. 나 역시 교미
를 권할 때 정중하고 싶어. 짝꿍이 좋아할 만한 이
파리 위에 나의 정포를 살포시 올려놓는 거지. 거
품 꾸러미를 열어보고 상대가 맘을 열길 바라지만
억지로 강요하진 않을 거야. 수컷 빈대가 암컷 빈
대의 배나 가슴, 심지어 머리에 지독한 상처를 내
서 억지로 생식기를 꽂는 방식은 내게는 맞지 않

아. 수컷 잠자리처럼 암컷이 산란을 마칠 때까지 뒤통수를 꼬리로 꽉 부여잡고 있는 것도 나 티끌·트윙클에겐 촌스럽지. 네발나비 수컷처럼 암컷의 생식기에 냄새나는 막대기를 꽂아 두는 건 내 품위에 어긋나는 일이야. 만져봐도 될까요? 넣어봐도 될까요? 그렇게 끝까지 상대의 의향을 물으며 하나씩 내면의 단추를 풀어가는 것, 그게 나 티끌트윙클의 지조라고 할까.

이때의 기록을 살펴보면 쓰르라미와 쌕쌔기의 관찰이 서로 다르다.

모필자가 말한다.

당시 건물 밖 팽나무에 붙어 초미세 주파수로 그들을 관찰하던 쓰르라미는 호랑이 먼저 넣어봐도 된다고 말하며 버들에게 용기를 북돋웠다고 전했다. 반면 또 다른 관찰자 쌕쌔기는 버들이 먼저 넣어도 되는지 허락을 구했다고 기록했는데, 아쉽게도 세 번째 관찰자 철써기는 하필이면 그때 나무 기둥으로 날아온 몰상식한 꽁초 불을 피하느라 그 순간을 놓치고 말았다.

참고로 이 시기를 채록한 날개맥 마찰음은 한때 '가을밤 줄칼 멜로디' 집단에 유행처럼 퍼져 '만져봐도 될까요?' '넣어봐도 될까요?'라는 의사 확인 문구가 육발이들의 교미에 활용되기도 했다.

필자가 이 첫날밤 구비 기록을 분석한 결과, 두 여성의 성 접촉 시 삽입 행위는 우리가 짐작하는 것만큼 큰 비중을 차지하지 않는다. 만약 그들의 접촉이 삽/흡입 행위에 쏠려 있었다면 주로 돌출 생식기 역할을 하는 그들의 손가락은 좀 더 그 행위에 특화된 형태로 진화했을 것이기 때문이다.

가령 호랑나비종의 한 수컷은 생식기에 시각세포가 발달해 자기의 정자가 암컷의 생식기에 잘 들어가는지 지켜보고, 암컷은 엉덩이에 눈이 있어 알이 잘 나오는지 확인한다. 또한 물벌레는 자신의 돌출 성기를 활처럼 배에 대고 문질러 암컷을 향해 괴이쩍은 음악을 연주한다. 이에 더해 잠자리들은 먼저 자리를 차지한 다른 수컷의 정자를 퍼내기 위해 다양한 보조 생식기 모양을 만들어낸다. 즉 삽입과 번식이란 기능에 특화된 신체 부위는 그것이 어느 위치에, 어떤 모양으로 있건 간에 그 기능과 모양을 깔쭉깔쭉 조작해가며 다른 돌연변이로 모험을 시도하기 마련이다.

그러나 호랑과 버들의 사례를 보면 그들은 번식을 위한 생식기 모양이나 체위 따위는 애초에 내팽개쳐버린 것으로 보인다. 대신 건드리면 흥분하는 그들의 촉각세포가 신체 여러 기관에 포진되어

때마다 각기 다른 음성 포자를 터뜨린다. 필자 역시 초기에는 그들에게 붉은 팥알 모양의 돌기 외엔 별다른 돌출 성기가 없음에 집중했다. 그러나 그들의 교미 상황을 면밀하게 재구성한 결과 그들은 몇몇 부위가 아닌 특유의 정서와 분위기로 형성된 '포괄적 감각'을 선호하고 있음을 알게 되었다. (구체적 개별 사례는 이 문헌의 부록으로 실릴 「철쭉나무 화단의 땅강아지 울음 요약본」을 참고하시오.)

다시 말해 검지와 중지(때론 약지까지)를 그러모아 상대의 질 안에 삽입하는 행위는 세포의 재생산을 위해서가 아니라 더 친밀하고 농밀한 감각 구성을 위한 일종의 피아노 건반 누르기(혹은 현악기 연주의 운지법)와 같다고 볼 수 있다. 또한 그 전체 리듬과 멜로디는 개별 연주자에 따라 다르며, 이는 필자를 포함한 후대 저술가들이 더욱 집중해 조명해야 할 연구 과제로 보인다.

이제 비생식 동거 개체들의 무수한 미발굴 악보를 누가 펼쳐 연주할 것인가. 호랑과 버들은 건물 화장실과 길모퉁이, 어두운 골목(땅강아지의 분비샘 화학 액체로 기록된 바, 어느 밤 문 닫힌 문구점 앞이 그들의 첫 키스 장소였다)에서 틈만 나면 서로의 구기를 맹렬하게 빨아댔다. 그 애무와 구애의 기록이 우리 연구소의 신념과 가치에 시사하는 바는 무엇인가.

# 플라타너스 길. 낮.

두 여자가 낙엽이 쌓인 가로수 아래를 걷는다. 손을 잡고 있다가도 맞은편에서 사람이 걸어오면 은근슬쩍 놓는다.

**버들** 내가 널 얼마나 좋아하는지 알아?

대답을 바라듯 버들이 호랑을 본다. 호랑은 뭐라 대답해야 할지 모른다. 한 번도 그런 생각을 해본 적 없다는 듯 눈꺼풀을 깜박인다. 다른 사람의 마음의 크기를 헤아려볼 수 있다니, 대체 어떻게? 호랑은 어리둥절한 얼굴로 눈앞의 풍경을 바라본다. (카메라, 호랑의 시점) 회색 보도블록과 수직으로 선 버즘나무, 차고 건조한 공기에 뒤섞인 먼지 냄새, 곁에서 함께 걷는 버들의 얼굴.

(독백/호랑)

저 얼굴이 그 얼굴일까.

내가 무너져 내릴 수 있는?

**호랑** 내가 널 얼마나 좋아하는지, 그것만 생각

나서 다른 건 모르겠어.


　버들의 미소. 그 말로 충분하다는 표정이다. 기
뻐서 날아가버릴 것 같은 자신의 몸을 고정하듯
호랑의 손에 깍지를 끼고서 맞잡은 두 손을 호랑
의 점퍼 주머니에 넣는다. 그리고 눈앞의 풍경을
본다. (카메라, 버들의 시점) 깨진 보도블록의 틈새
를 비집고 나오는 풀잎들, 끄느름한 회색 하늘에
흩어진 구름. 그 구름을 계속 비추며

(독백/버들)

아, 털 오라기 같은 저 구름.
호랑의 몸을 제일 많이 만진 사람은 누구일까?
호랑의 바지와 속옷을 제일 많이 벗긴 사람은?

(소리/까마귀 울음)

크아크아크아
날개를 크게 펼친 까마귀 한 마리 날아간다.

(카메라, 새의 목덜미 클로즈업)

노랗고 반투명한 몸통의 진드기 두 마리가
까마귀의 깃털을 꽉 붙잡고 있다.

(소리/와글거리고 부글거리는 진드기들의 대화/작은

궁서체 자막과 함께)

뭐가 있다, 뭐가 있어. 살 밑에 흐르는 따스한 피처럼,

핏속에 녹아 있는 산소의 떫은맛처럼.

뭐가 나왔다, 뭐가 나왔어.

쟤들은 이제 두 발로 못 걷는다,

다른 입, 다른 배. 보인다, 다 보인다.

인간 주제에 사랑한다,

인간 주제에 포기하고 인간 주제에 엎드린다,

애지렁이처럼 배를 땅에 대고 긴다, 이제 쟤들은.

# **방. 한밤중의 전화 통화.**

어두컴컴한 실내. 침대에 쓰러진 호랑이 휴대전
화를 붙들고 있다. 또 술에 취했다. 혀가 꼬인다.


**호랑**　자고 있었어?

**버들**　안 잤어.

**호랑**　나 때문에 깬 거 아냐?

**버들**　안 잤다니까.


(수화기 너머 소리/버들이 방문을 조심스럽게 닫는다.)

**호랑** 닫았어?

**버들** 응.

**호랑** 닫혔어?

**버들** 의자로 받쳐놨어.

**호랑** 집주인한테 고쳐 달라고 해. 다른 사람들은 자?

**버들** 모르겠어. 오늘 만날 수 있어?

**호랑** 만나야지. 약속했잖아.

**버들** 술 마시면 아프잖아.

**호랑** 전화 끊을까?

**버들** 끊고 싶어?

**호랑** 네가 끊고 싶어 할까봐. 목소리 듣고 싶었어.

**버들** 그런데 왜 이렇게 늦게 전화했어?


(엎드려 있던 호랑이 몸을 뒤집는다. 카메라, 호랑의 시선을 따라 어두운 천장을 비춘다.)


**호랑** 안 졸려? 내가 깨운 거 아냐?

**버들**  안 잤다고 했잖아. 어떻게 자.

**호랑**  왜 못 자는데.

**버들**  말하기 싫어.

**호랑**  끊을까?


(정적, 고요하여 괴괴함)


**버들**  뭐 마셨어? 맥주 마셨어?

**호랑**  다, 다아— 마셨어.

**버들**  속 안 아파?

**호랑**  목소리 들으니까 좋아.


(침대 매트리스가 삐걱거리는 소리. 카메라는 계속 천장을 비추고, 벽면과 벽면이 이어진 모서리에 언뜻 거미줄 보인다.)


**버들**  울어?

**호랑**  아니?

**버들**  무슨 일 있었어?

**호랑**  없었어. 그냥 목소리 듣고 싶었어.

(호랑이 기침한다. 콧물을 훌쩍이는 소리를 숨기려 거
짓으로 기침한다.)

**호랑** 내일 뭐 할까? 뭐 하고 싶어?
**버들** 오늘이야. 오늘 됐어.

(호랑이 웃는다. 울다가 웃는다. 그리고 기침한다. 곧
이어 호랑이 방문을 여는 소리, 방바닥에 맨발이 스치는
소리가 들린다. 열린 문으로 거실 불빛이 방 천장을 희미
하게 비춘다.)

**버들** 뭐라고?
**호랑** 응?
**버들** 방금 뭐라고 했잖아. 무슨 말 했어?
**호랑** 아냐, 별 얘기 안 했어.
**버들** 뭐라고 했는데.

(묵비, 비밀로 하여 말하지 않음.)

**버들**  말해봐.

(묵묵부답, 잠자코 아무 대답도 하지 않음.)

**버들**  말해줘. 뭐라고 했잖아.

(적막, 고요하고 쓸쓸함. 혹은 의지할 데 없이 외로움.)

**호랑**  나랑 같이 죽을래?
**버들**  그 말 했어?

(유구무언, 입은 있어도 말은 없음. 그때 갑자기)

**버들**  그래, 알았어.
**호랑**  어?
**버들**  알았다고.

(정적, 적막 그리고 무언가)

**호랑**  정말 나랑 같이 죽을 수 있어?

**버들**   (망설임 없이) 응.

**호랑**   정말 같이 죽을 수 있어?

**버들**   (역시나 아무 망설임 없이) 응. 그런데 언제?


방문이 닫히고, 방으로 새어드는 조명이 사라진다.

암흑. 화면 비우기.

조금의 주저함도 없이, 왜 죽고 싶으냐는 질문도 없이 버들은 간단하게 답했어. 티끌트윙클이 튀어 오른다. 세상의 모든 인간은 가슴 한가운데 '죽고 싶음'으로 흐르는 황토색 강물이 압정 박혀 있는 것 아니냐고, 태어나자마자 자신이 먹을 버들잎을 스스로 찾아가는 버들잎벌레가 아닌 이상, 양육자의 보살핌과 관심에 기대어 사는 유년기를 보낸 두발이엄지라면, 그 두 발로 서기 위해 끊임없이 넘어지고 쓰러진 기억이 불안의 빗물과 슬픔의 탄산에 섞여 동굴 속 종유석처럼 늑골 사이사이에 굳어 있지 않으냐고, 비록 하나하나의 사건과 인과는 망각의 수레바퀴로 굴러갔지만, 그런데도 얼어붙은 유리창에 입김을 불어 뜬금없는 표정을 그리는, 그리지 않는, 흙탕물의 인간이라면, 그게 너라면, 나는 주저 없이 너의 죽고 싶음에 동참해주겠다고, 버들은 생각했어. 쉽게 답했지. 매일 새벽 호랑이 던지는 그 무거운 질문

들에서

       콕

    킥

튀어 올랐어. 죽고 싶은 호랑의 마음을 재단하거
나 멸시하지 않았지. 내팽개치거나 어서 등 뒤로
감추라고 겁을 주지도 않았어. 호랑의 가슴에 흐
르는 흙탕물이 고여서 썩지 않게, 다시 굽이쳐 흐
르게, 태산 같고 하마 같은 궁둥이로 죽음을 깔고
앉아 서로가 원하는 걸 채워주었지(가슴, 키스, 죽
음의 약속). 산새와 물새처럼, 닮아 있는 서로의 유
년 시절을 마주 보며 그 시절로 돌아가 살아갈 날
을 아득해하는 그 아이들에게 친구가 되어주었어.
서로의 우기와 건기를 통과하며 서로의 기분을 그
날의 날씨처럼 받아들이며 그 안에서 체조하고 그
안에서 춤췄지. 한쪽에서 하늬 하늬 하늬 서풍을
일으키면, 맞은편에서 높새 높새 높새 북동풍으로
답했어. 겨울엔 이불을 덮어주고 봄에는 생리통을
앓는 배를 만져주고 여름엔 벽에 달라붙은 모기를
잡아주었어(이미 피를 빨렸는데도!) 한 사람이 살아
가기 위해선 얼마큼의 애정이 필요할까? 어떤 높

이의 시선과 어떤 깊이의 포옹이 빛처럼 물처럼 채워져야 하지? 몇 명의 친구와 무리, 동료와 이웃, 접속사와 수량형용사가 있어야 그들의 금 간 늑골이 메워질 수 있을까? 호랑과 버들은 서로가 채워주는 애정으로 충분했어. 깊이깊이 파고들어 서로가 서로의 몸에 딱 알맞은 무덤이 되었지. 호랑은 버들의 대답으로 살아갈 용기를 얻었어. 같이 죽을 수 있으니 같이 살 수 있을 것 같았어. 죽고 싶은 마음은 죄일까? 약일까? 습관일까? 그래, 그래, 그래. 어쨌든 이제 괜히 기침 소리 내지 마. 버들은 대답했고 그들은 함께 뒤집혔지. 죽고 싶은 삶에서 사는 힘을 주는 죽음으로. 공중에서 한 바퀴 홀렁 뒤집혀 머리부터 물수리의 목구멍으로 들어가는 송어처럼.

여기서 잠시, 무척추동물 독자들은 시원하게 트림하길 권한다.

모필자가 말한다.

인간이 뿜어내는 감정의 박막층에 중독되지 않으려면 차분한 해독 과정이 필요하다. 같이 죽을 수 있다는 약속이 어떻게 같이 살고 싶다는 의지로 바뀌는 것인가. 그들은 죽음을 뭐라고 여기는 걸까? 대체 왜 그렇게 죽음을 끌어안고 어쩔 줄 몰라 하며 사는 내내 불안에 떠는 것인가.

그렇다. 인간의 뇌에는 무겁고 비대해진 대뇌 피질이 있어서 온갖 생각의 고름을 짜내고 응고시켜 관념의 척추에 그들을 옭아맨다. 다리가 달랑 두 개뿐이라 그 결핍을 메우기 위해 과도한 생각이 끊임없이 그들에게 달라붙는 것이다. 무엇보다 두발이엄지에게 생각이란 기능이 원활히 작동하는지는 여전히 논쟁거리다. 생각이 있고 언어가 있다지만, 그 언어가 가문비나무의 위치를 알리는 가문비나무좀의 신호만큼 명쾌하고 시원할까? 설계도가 있고 건축공학이 있다지만, 수없이 흙을 씹고 씹어 침으로 반죽해 만드는 호리병벌의 집보다 잘 녹아 흐를까.

잘 녹아 흐르고 바람과 빗물에 구멍 나 쓸려 갈 것. 그리고 그리고 그리고 언제나 다시 새집을 짓기 시작할 것.

이것이 생각을 뚫고 가는 우리의 삶이다. 나무의 감각이다. 아무리 작은 묘목이라도 뿌리부터 잎사귀 끝까지 섬세한 신경으로 이어져 있고, 그 신경의 전하 맥동은 다른 나무를 비롯한 숲 전체와 연결돼 온갖 대화를 주고받지만, 어떤 나무도 뇌라는 음침한 미로에 갇혀 길을 잃지 않는다. 벽을 세우지 않기 때문이다. 벽 없는 길은 그저 서로를 연결하는 문이다.

문이 열리고 문이 닫히고.

만약 버들과 호랑이 다람쥐나 도마뱀처럼 마른 잎 위에 풀썩 쓰러져 죽는다면, 필자의 육발이 친구들이 부리나케 달려와 그들의 살과 뼈를 흐르게 해줄 것이다. 송장벌레, 구더기, 진드기, 파리가 앞다투어 그들의 살을 찢고 씹어 보드랍고 촉촉한 한 덩어리의 떡으로 만들 것이다. 그 따끈한 젖을 먹고 우리의 아기들이 자라나면 버들의 코와 호랑의 혓바닥은 또다시 숲과 강으로 흘러 무수한 해돋이와 해넘이를 만끽할 것이다. 그러나 인색하기 그지없는 두발이엄지들은 그 먹기 좋은 떡을 고온에 불태워 앙상한 뼈만 남긴다. 그리고 한 줌의 회색 뼛가루로 만들어 항아리 안에 꼭꼭 숨겨만 두니 빛 한 줄기, 바람 한 점 통과할 수 없다.

바람이 불고 바람이 그치고.

필자가 보기에 호랑과 버들의 관계는 신선한 똥을 찾아다니는 풍뎅이붙이와 진드기의 연합과 유사해 보인다. 진드기는 풍뎅이붙이의 딱지날개 밑에 올라타 새로운 똥으로 향해 가고, 향긋한 똥더미가 보이면 풀쩍 뛰어내려 같은 먹이를 두고 싸우는 구더기를 물리친다. 호랑과 버들도 세상의 똥을 먹고 소화해내기 위해 힘을 모았다. 다시 말해 돈을 벌려고 일했다는 뜻이다. 우리가 나무의 목질부나 열매 그리고 똥의 향기를 따라가듯 두발이엄지는 돈을 따라 몰려가니까. 그렇다면 버들과 호랑이 싸워서 물리쳐야 하는 적은 누구일까? 환하게 웃는 낯으로 돌아서자마자 퇴근길 버스 유리창에 어른거리는 호랑의 죽고 싶은 마음인가? 아니면 아직 드러나지 않은 버들의 슬픔일까? 슬픔이라니. 그건 또 무엇인가. 인간이 모기를 잡으려고 손을 휘두를 때 사방으로 솟구치는 무진장한 난기류? 그 공기의 흐름에 한없이 떠밀릴 수밖에 없는 나 모필자의 가벼운 관절지가 바로 슬픔일까?

문이 열리고 문이 닫히고.

필자는 버들이 부르는 콧노래와 버들이 빠지게 될 슬픔 사이에서 가슴마디를 펼친다. 버들이야말로 그 안에 품은 감정의 양달과 응달이 깊다. 그것은 물속에서 살던 장구벌레가 하늘을 나는 암모기가 되는 것만큼이나 직접 겪지 않으면 헤아리기 힘든 변화다.

바람이 불고 바람이 그치고.

과연 호랑과 버들은 그 혼란 속에서도 그들의 연합 관계를 계속 이어갈 수 있을까.

**# 공원. 낮.**

맑은 하오, 버들과 호랑이 나란히 걷고 있다. 공원 담벼락을 따라 사철나무 잎 푸르다.


**버들**  (턱을 들며) 구름 좀 봐!


흰 털구름이 바닷속 멸치 떼처럼 줄지어 흘러간다.


**버들**  (아래를 가리키며) 저기 좀 봐! 고양이나?


청동색 평벤치 밑에 삼색 고양이가 숨어 있다.


**버들**  (여보세요?라고 말하듯) 매미나?


옥잠화 잎끝에 매미가 벗어놓은 연갈색 허물이 매달려 있다.


**버들**  (불났어요!라고 외치듯) 여기 좀 봐!

담벼락 위 큰키나무에 붉은 열매가 조랑조랑 열려 있다. 산딸나무다. 버들이 걸음을 멈추고 나무를 올려다본다.

**버들** (창가에 서서 비 오려나?라고 혼잣말하듯) 딸기나?

호랑이 무릎을 굽히고 땅에 떨어진 열매를 집어 든다. 다홍색 과육에 밝은 노란색 돌기가 가시처럼 콕콕 박혀 있다. 호랑이 열매의 꼭지를 잡고 뱅글뱅글 돌린다.

**호랑** 딸기나? 고양이나? 매미나?
**버들** 왜? 내 말투가 이상해?
**호랑** 좀 봐, 좀 봐, 좀 봐!

잿빛 날개의 직박구리가 산딸나무 위를 날아간다.

**# 공원. 저녁.**
버들과 호랑이 공원 안을 걷는다. 일몰이 지나

사방이 어둑하다. 두 사람이 걷는 굽잇길은 조릿
대의 잎 그림자로 더 어두침침하다.

**버들** (호랑의 팔을 잡으며) 멈춰!
**호랑** 왜? 뭐가 있어?

버들이 허리를 숙여 앞을 살핀다. 호랑도 몸을
굽혀 땅을 본다. 길 위에 거무칙칙한 형태가 웅크
려 있다.

**버들** (이거 보라고, 세상일은 언제나 이렇게 무심결
에 잘못을 저지르기 마련이라고 말하듯) 두꺼비야, 역
시, 두꺼비야. (손을 뻗으며) 가라, 가, 여기 있으면
위험해.

버들의 손짓을 따라 둥그스름한 그림자가 풀쩍
풀쩍 뛴다. 오돌토돌한 줄무늬 피부에 근엄하게
입을 치켜든 그 점프 선수가 탄력 있는 뒷발로 뛰
며 자신의 아름다움을 숨기지 않는다.

**호랑**   (창백한 음성으로) 밟을 뻔했네.

**버들**   (작은 불꽃처럼) 밟을 뻔했어.

**호랑**   굉장하네. 어떻게 봤어?

**버들**   (돌아보며) 저기서 왔나?


고개를 돌리는 버들을 따라 호랑도 뒤를 돌아 본다. 두 사람이 지나온 길에 연못이 있다. 부들이 자란 연못 둘레에서 귀뚜라미 소리가 은은하게 울린다.


**호랑**   어떻게 그걸 봤지? 어떻게 그렇게 순간적으로 잘 보지? 두꺼비 찾으러 온 두꺼비 탐사대도 너만큼은 못 볼 거야. 머릿속으로 계속 두꺼비 생각하고 있었어?

**버들**   아니.

**호랑**   여기서 두꺼비 본 적 있어?

**버들**   아니.

**호랑**   혹시 너…… 천사야?

**버들**   아니, 난 요정이야.

**호랑**   천사 아니고?

**버들**　요정 할래.

**호랑**　천사하고 뭐가 다른데?

**버들**　천사는 죽은 사람이 되는 거잖아. 요정은 살아 있는 사람도 될 수 있어. 누구나 될 수 있어.

**호랑**　요정은 어떤 능력이 있는데? 천사는 날개로 날 수 있어.

**버들**　요정도 날아. 근데 20센티미터밖에 못 날아. 고소공포증이 있거든.


두 사람은 다시 걷는다. 그 뒷모습을 비추며, 목소리만.


**호랑**　근데 혹시 내가 천사라고 할 줄 알았어? 요정에 대해 생각하고 있었어?

**버들**　아니? (기다리고 또 기다린 심벌즈 연주자가 노랗고 둥근 심벌즈를 팡 마주치듯) 두꺼비는 복을 준다는데, 아까 그 두꺼비가 나한테 은혜 갚으면 어쩌지!

**뽁 삐뽁 뽁 뽁** 작은 물방울이 연이어 터지는 소리,
티끌트윙클이 튀어 오른다. 그 두꺼비는 은혜를
갚았어. 자기의 울음소리로 너희의 이야기를 여기
저기 퍼뜨렸으니까. 그리고 나의 육발이 친구들
(깃동잠자리, 황초록바구미, 끝검은메뚜기, 금파리, 검정
볼기쉬파리)은 두꺼비의 혀에 휘말려 두꺼비에게
흡수됐고, 그 두꺼비는 공원에 사는 때까치에게
로 흘렀고, 때까치는 청동색 평벤치 밑에서 해를
피하던 삼색 고양이의 송곳니에 찢겨 또 다른 세
상으로 흘러갔지. 그 고양이 위장에 살던 회충, 그
회충은 다시 수많은 탈피와 경련을 거쳐 다른 몸
으로 액화하고 기화해 바로 나, 티끌트윙클을 깨
운 열기가 되었지(아지랑이, 아지랑이). 그날 두꺼비
는 길고 오동통한 혓바닥으로 자기의 돌기 난 이
마를 핥으며 이렇게 노래했어. 두껍다, 두껍다, 이
내 몸의 진피 진피와 경계 경계가 저 연못가의 동
심원으로 스며들고, 아아, 두발이엄지가 아이들에

게 들려주는 동화 속 요정들이여. 파란 머리 요정, 모래 요정, 물의 요정, 아이들이 배고플 때 손가락을 뚝 잘라 건네는 사탕 요정 그리고 인간이 차마 요정이라 부르지 못하는 죽음의 요정인 바이러스가 언제나 인간 곁에 도사리고 있건만. 동화 속 얼간이 피노키오는 귀뚜라미 요정을 몰라보며 자기의 나무 손을 내리쳐 납작하게 눌러 죽이네. 인간이 요정을 만나 하는 일이라곤 치졸한 소원을 비는 것뿐. 요정은 금화 한 개를 백 개로 늘려 달라는 바람 따윈 들어주지 않는다. 요정은 인간의 안일한 소망을 파괴한다. 씹고 갉고 찢어버린다. 너희 두발이엄지들이여, 너희에게 드리워진 요정의 그림자를 바라보며 이 밤 나는 두껍 두껍 우노라.

## 겨울 ⋀⋀⋀ 고치 안에서

　찬 바람이 불기 시작할 때부터 새들은 깃털을 부풀리고 몸속의 난소와 정소를 쪼그라뜨리며 겨울을 준비했다.

　모필자가 말한다.

　풀들은 세포 곳곳에 긴 겨울을 이겨낼 당분을 채워놨고, 진흙밭에서는 검정물방개가, 바위틈에서는 뿔나비가, 덤불과 썩은 낙엽 아래에서는 무수한 알과 번데기들이 다디단 잠에 빠져 있었다. 그리고 여덟 개의 눈으로 사방을 주시하는 깡충거미의 눈처럼 세상 이곳저곳을 밝게 보던 버들도 우리처럼 깊은 잠에 빠져들었다.

필자는 당시 호랑과 버들의 겨울나기를 기록한 채록물 위에 착지해 있다. 두 여자가 어느 집에 살건 우리의 성실한 기록관 좀들은 그들이 사는 집의 벽지와 가구, 커튼, 책장 사이사이를 파고들며 그들의 이야기를 남겨놓았다.

때는 한낮의 태양이 그들의 집 창가를 짧게 스치고 가던 동지 무렵. 호랑은 자신의 죽고 싶은 마음을 술독에 빠뜨려 병나발로 불어댔다. 그리고 버들은 덫을 놓아 잡은 쥐를 어떻게 죽여야 할지 몰라 자기 집에 들어가지 못하는 사람처럼 밤새 마음의 가장자리를 헤맸다. 인간들은 그것을 우울 증이라 부른다.

버들을 관찰한 기록에도 약물의 흔적이 남아 있다. 항불안제와 신경안정제들, 그 화학 분자들이 버들의 몸속에 스며들어 버들의 전자신호들을 꺼버렸다. 더는 슬픔과 절망을 느끼지 못하게 만들었고, 동시에 기쁨과 즐거움을 느끼는 스위치도 내려버렸다. 버들은 하룻밤을 지나 다음 날 오후가 될 때까지 잠의 지느러미에 매달려 우울의 바다를 헤엄쳤다.

필자로선 버들의 그 심해 탐험이 어째서 병으로 취급되는지 이해할 수 없다. 필자의 톱날침을 걸고 맹세하건대, 잠처럼 우리를 숨겨주고, 잠처럼 우리를 도약하게 만드는 시간의 순간 이동 단추는 없다. 잠이야말로 우리가 발명해낸 고치 만들기의 비법이자 우리가 우리 안으로 신비를 불러 모으는 탈피의 방식이다.

두발이엄지도 네발로 기어 다니던 아기 시절엔 우리처럼 잠을 즐기며, 잠 속에서 더 많이 깨어 있었다. 아기의 솜털은 여치의 뒷다리나 나방의 입 안에 있는 청각세포처럼 작은 기미에도 민감하게 반응했고, 바닷속 뱀장어가 물 냄새를 따라 자기가 태어난 강어귀로 돌아가듯 아기의 피부는 세상의 갖가지 진동을 느끼며 자신을 만들어낸 지구의 흐름에 호응했다. 북아프리카 해안에 보름달이 뜨면 요람에서 엄지를 빨던 아기는 코를 벌름거리며 모래밭에 구멍을 파고 알을 낳는 투구게의 산란을 알아챘다. 아기는 갈조류 사이를 헤엄치며 통째로 대합을 삼키는 대구의 흥분과 대륙붕을 떠돌며 짜글짜글 산호를 갉작이는 플랑크톤의 기쁨, 딱총새

우가 집게발을 딸각거리는 수다스러운 리듬을 자신의 싱그럽고 말랑한 살로 모두 감지했다. 그러나 그 열린 통로는 잠을 지칭하는 갖가지 이름표(늦잠, 새우잠, 여윈잠, 노루잠, 선잠, 풋잠)에 짓눌려 봉인되고 말았다. 필자의 흡혈관을 걸고 선언하건대, 부디 두발이엄지들에게 더 많은 잠의 쇄파가 덮쳐오길! 그리하여 부산하고 법석거리는 너희의 생산과 활동에서 더 멀리 물러서길. 그들의 무거운 머리가 잠의 프리즘 안에서 천 개의 꿈과 만 개의 모험으로 들썩이길!

필자는 당시 버들의 코골이를 채록한 소리를 되울림하고 있다. 이토록 깊은 잠에 빠진 걸 보면 버들은 우리 다지류의 흔적을 많이 간직하고 있는 것으로 보인다. 마치 해저 생물의 울음소리처럼 낮고 우아하다. 버들이 내려간 우울의 심해는 어디일까. 버들도 우리처럼 잠을 자며 탈바꿈하는 걸까? 버들은 왜 잠이라는 투명 망토를 두른 채 세상으로부터 숨고 싶어 하는 것일까.

## # 집 안. 침대 위.

버들이 코를 골며 달게 잔다. 호랑은 잠든 버들 곁에 앉아 끈질긴 집파리처럼 버들의 몸을 건드린 다. 둘 다 상하의 세트로 된 내복을 입었다.

**호랑**　(버들의 팔을 흔들며) 뭐라도 먹고 자.

**버들**　(꿈의 단맛이 남은 입술을 달싹이며) 자고 싶 어. 자는 게 더 좋아.

**호랑**　배 안 고파? 어제부터 아무것도 안 먹었 잖아.

**버들**　(잠꼬대하듯) ⋯⋯먹어⋯⋯

**호랑**　먹었다고? 언제? 뭐 먹었는데?

**버들**　(약간 신경질을 내며) 아니이이, 너 혼자 먹 으라⋯⋯

채 말을 잇지 못하고 버들이 몸을 돌린다. 다리 사이에 이불을 구겨 넣고 끌어안는다. 호랑이 그 이불을 잡아당긴다.

**호랑**　오줌 안 마려워? 너 그렇게 자면 코피 터져.

버들은 꼼짝하지 않는다. 다시 깊은 잠에 빠졌다. 코골이가 커진다.

큰 잠 깊은숨.

큰 잠 깊은숨.


# 중식당. 같은 날 새벽.

환한 형광등. 실내에 울리는 시끄러운 음악 소리. 호랑과 버들이 창가 자리에 마주 앉아 있다. 그들의 대각선 방향으로 술 마시는 사람들이 보인다. 버들은 탕수육을 입에 넣으며 꾸벅꾸벅 존다. 자면서 먹고, 먹으면서 존다. 호랑은 맥주 한 병을 잔에 따르며 그 모습을 지켜본다.


**버들** (자꾸만 감기는 눈으로 호랑을 보며) 나 안 버릴 거지?

**호랑** 꼭꼭 씹어. (스테인리스 컵을 내밀며) 물 마셔. 짜장면도 먹을래?

**버들** 무서워. 이제 나 싫어졌다고 할까봐.

버들은 탕수육을 소스에 찍어 먹는다. 먹으면서 졸고, 졸면서 먹는다. 호랑은 맥주를 들이켠 후 식초에 절인 노란 무를 씹는다.

(소리/뒤에 손님들/점점 크게)

욕설, 욕설, 욕설.


테이블 밑으로 호랑과 버들이 손을 잡는다. 그들의 신발 옆으로 일명 돈벌레라 불리는 그리마 한 마리가 빠르게 기어간다.


# 거리. 같은 날 새벽.

빗길을 달리는 자동차 소리. 버들과 호랑이 우산 하나를 같이 쓰고 새벽 거리를 걷는다. 버들은 졸음에 겨워 비틀거린다. 호랑이 버들의 팔을 꽉 붙잡는다.


**호랑**  조금만 참아, 집에 가서 자자. 거의 다 왔어.


경적을 울리며 지나가는 오토바이. 인도로 빗물이 튄다. 젖은 깃털의 비둘기 한 마리가 물똥을 뿌리며 날아간다. 카메라, 그 떨어지는 물똥을 따라 길가에 선 왕벚나무로. 서서히 나무의 목질부로 내려가 나무껍질 틈에서 꿈틀거리는 바구미 위에서 한동안 멈춘다. 다시 더 천천히 내려가 겨울잠에서 깨어나는 무당벌레 앞에서 멈춘다.

트럭 바퀴가 빗길을 훑고 가는 소리 크게. 화면 조금씩 밝아지며 궁서체의 세로쓰기 자막.

그
리
하
여
경
칩

다시 한번 빗물 튀는 소리 크게. 물벼락을 끼얹 듯 무심하고 불쾌하게.

## 이른 봄 〰〰 허물벗기

봄이 왔으니 내가 좋아하는 시 한 편 읊어도 될까?
티끌트윙클이 튀어 오른다. 거리 곳곳에 말똥과
금파리가 가득하던 시절, 사륜마차의 말 갈퀴 속
을 옮겨 다니시던 한 무명의 벼룩께서「봄과 한 잔
의 몬순 커피」라는 시를 남기셨지. 그분은 증기기
관차의 증기구름보다 더 뭉게뭉게 피어오를 유럽
의 비브리오 콜레라균을 예견하시며, 런던의 한
커피하우스에 앉아 봄의 도약에 관해 사색하셨어.

봄,
그것은 수억 마리의 톡토기

비약하고 돌파해

흘러넘친다, 봄

프러시안블루 커피잔에 인도의 몬순 바람이
흘러넘치듯, 무르익은 봄의 찻잔에 염소젖 크림
을 넣을 강한 주걱턱의 왕사슴벌레 그 누구인가.

너, 청띠신선나비여. 어느 진흙에서 헛된 미네
랄을 찾고 있는가. 겨울의 응결된 각설탕을 우리
의 잔에 넣어 흘러넘치는 이 봄을 빨아다오.

이른 봄, 참나무들이 깨어나 빛을 가로막기
전에

이른 봄, 산수유와 기린초의 노랑이 발광하면

이른 봄, 노루귀의 꽃잎 속은 홍차의 탕기처
럼 따스하다. 그러나 아직은 한기 서린 바람

이른 봄, 휘추리 휘추리 수양벚나무가 강둑을
따라 예의를 갖추고

이른 봄, 월동한 검정물방개의 프록코트가 낡
아가면

이른 봄, 큰딱부리긴노린재는 단 한 번의 침
을 개미 가슴에 찌른다.

그렇다면 인간도 하나의 꽃일까?

(아황산가스 가스, 자갈을 물어뜯는 기관차의 발톱)

꽃이라면 꿀이 있을 테다. 그러나 노랑배박새여, 부디 그 신사의 코를 쪼는 짓은 그만두어라. 그 청교도 숙녀에겐 응축된 씨방이 없으니, 때는 아직 이른 봄

그렇다면 말의 어금니 사이에 재갈을 물릴 자격은 어디에서 오는가.

(아황산가스 가스, 설사와 탈수, 괴질이 쌓아 만든 시체들의 산)

불현듯 흉내지빠귀는 말 울음소리를 내고

작은멋쟁이나비는 세계정신을 펄럭이며 지중해를 건너네.


안타깝게도 이 벼룩 예언자는 커피 받침에 짓눌려 그 좋아하던 말 갈퀴 속으로 돌아가지 못하셨지. 두발이엄지들의 가슴이 봄 맞은 멧노랑나비의 날개처럼 나풀거리길 원했지만, 소망을 이루지 못하셨어. 상상할 수 있겠어? 봄이 온다는 것 말이야. 단순히 계절이 바뀌는 게 아니라 이 세상이, 빛과

바람이, 자목련의 겨울눈을 찢어발기고 신갈나무
의 껍질을 가르는 힘을. 그 찢기는 몸들을.

「뭔가 나를 막 찌르는 것 같아.」

버들이 말했어. 버들은 봄이라는 부리와 침에 찔
려 깨어났지. 깊은 잠으로 잠수했던 슬픔의 지느
러미가 봄이 되자 날치의 투명한 배지느러미처럼
버들의 몸을 들어 올렸어. 의사들은 그걸 양극성
정동장애라고 부르지. 감정이 극과 극을 넘나들며
균형을 잡지 못하는 거.　　　　　핑요
　　　　　　　핑요　　　　핑요
그런 말을 들으면 나는 뒷다리로 허공을 세 번 두
들겨. 인간들이 기분 나쁜 말을 들으면 탁자를 세
번 두들기듯이. 나는 높이 튀어 올라 신선한 바람
에 내 더듬이를 씻지. 그래, 나 또한 양극성정동장
애 육발이라 할 수 있어. 이렇게 마구 튀어 오르
는 것만 봐도 좀 히스테리컬하잖아? 갉작임에 대
한 강박도 있고, 어쩌면 분노조절장애가 있을지도
모르지. 두발이엄지들이 말의 어금니 사이에 쇳덩

74

이를 물려 가죽끈을 묶을 땐 화가 나서 닥치는 대로 갉작이고 싶어. **크다다다다다** 부리를 맞부딪히는 황새 소리! 나는 인간이 장애란 말로 가로막은 벽들을 부서뜨리고 싶지. 언제나 두발이엄지들은 이건 넘치고, 저건 부족하다며 비교의 잣대를 들이대잖아. 세상을 온통 거울과 렌즈로 뒤덮고서 끊임없이 자신이 어떻게 보이나 비춰보잖아?

하들

허들

버들, 너는 너 자신을 다른 사람의 시선으로 바꾸지 않아도 돼. 입술을 깨물며 목소리를 참지 않아도 돼. 너는 사람들이 보지 못하는 빛의 파장을 보는 거니까. 박새가 자외선으로 상수리나무에 앉은 나방을 찾듯이, 너는 마음껏 날개를 펴지 못한 다른 이들의 두려움을 알아보지. 네가 보는 빛은 새가 보는 세상처럼 너에게 숨은 나방을 보여줄 거야. 보호색으로 위장했지만 네 눈에는 금세 발각되겠지. 그 나방은 날개 대신 겨드랑이에 수북한 털이 있는데……

# 방. 침대 위.

밖은 어둡고, 안도 그리 밝지 않다. 희미한 빛에 의지해 호랑이 책을 보고 있다. 버들은 고개를 까닥이며 존다. 가물가물 눈이 감기지만, 잠에 빠지기 직전 바르르 떨며 깨어난다.

**버들**  나 올챙이 봤어.

**호랑**  (또 무슨 말인가 하는 표정)

**버들**  올챙이인데, 뒷다리가 나온 올챙이.

호랑은 대꾸하지 않는다. 여전히 잠에 취해 있는 버들이 손을 들어 호랑의 반소매 안을 파고든다. 부숭부숭한 호랑의 겨드랑이털을 쓰다듬는다. 개나 고양이의 등덜미를 어루만지며 안정을 취하듯.

**버들**  (잠기운에 취해) 진짜야…… 머리는 올챙이인데 뒷다리랑 꼬리 있고……

**호랑**  자, 말하지 말고 자.

**버들**  나도 자고 싶어. 근데……

자꾸 눈에 뭐가 보여, 라는 말을 마저 내뱉지 못하고 다시 눈이 감긴다. 그러다 얼굴을 흔들며 정신을 차린다. 차릴 수 없다. 까무룩 잠이 몰려와 다시 고개가 꺾이지만 또 깨어나길 반복한다.


**버들**  뒷다리가 나왔는데…… 꼬리도 있어……
너…… 올챙이……

**호랑**  (뭔가 들킨 듯한 표정으로) 개구리가 못 된
거야?

**버들**  아니…… 개구리가 목표가 아니야……
(살짝 웃는 표정, 아물아물한 정신) 그냥 그대로……
그대로 너야.

버들은 호랑에게서 나오는 다른 빛을 봤어. 티끌 트윙클이 튀어 오른다. 두발이엄지들은 그걸 '오라'라고 부르지. 빛의 이마나 정면이 아닌, 빛의 겨드랑이에서 새어 나오는 파장. 식물들이 양팔을 벌려 끌어안고 나뒹굴며 당분을 만드는 빛의 안쪽 살. 버들에겐 그 다른 빛을 감지하는 기관이 있어서 호랑에게 새어 나오는 오라를 느낄 수 있었어. 어릴 때부터 그랬지. 버들은 어려서부터 사람이나 사물이 내뿜는 기운을 감지했어. 우리는 그때 어린 버들이 놀라고 어리둥절해하는 모습을 하나하나 기록했지. 사마귀의 줌 기능 시력과 나비 애벌레의 여섯 개의 홑눈, 잎벌 애벌레의 여덟 개의 눈이 사방에서 버들을 지켜봤어. 나는 그 영상 이미지를 노란허리잠자리의 다차원 시선으로 재구성해 버들의 내면을 내 안에서 되울림하고 있어. 어린 버들은 사람을 보면 그 사람에게서 느껴지는 어떤 이미지가 떠올랐어. 티브이에 나오는 어느 가수는 토끼처럼 뛰며 신나게 노래를 불렀지만, 버들의 눈에는 무릎이 까진 아이가 끼익끼익 쇳소리를 내며 혼자 그네를 타고 있는 모습이 보였지. 시장에 가면 사람들의 헝클어진 머리나 부르튼 손등에서 낯설고 기이한 느낌이 전해졌어. 그 느낌의 정체는 몸 밖으로 흐르지 못해 안으로만 곪아가는 사람들의 비명이었어. 말하고 싶지만, 입속의 혀가 너무 뭉툭해 제대로 발음할 수 없는 깊고 깊은 마음의 외침들. 듣지 않으려고 해도, 보지 않으려고 해도, 버들은 그 기묘한 느낌의 강물로 풍덩 빠져버렸어. 큼지막한 손이 불현듯 나타나 버들의 작고 둥근 어깨를 떠밀었지. 무게를 잴 수 없는 아지랑이처럼 버들의 가슴을 저미고 저미며 세상의 틈과 틈 사이로 스며들게 했어. 그래서 어린 버들은 사람이 많은 장소나 인파로 붐비는 거리가 버겁고 무서웠지. 버들에게만 느껴지는 색과 소리가 버들의 살갗을 누르고, 고막을 흔들고, 입술을 부풀게 했으니까. 생각해봐. 사람을 볼 때 그 사람의 흐느끼는 어깨가 보인다면 어떻게 그 어깨를 밀치고 지나갈 수 있겠어? 과일을 볼 때 껍질 속

썩은 과육이 같이 보인다면 어떻게 그 과일을 한 입 베어 물 수 있겠어?

「파치, 나는 파치야.」

어린 버들은 자신이 흠집 난 과일 같았어. 버들의 아버지는 어느 산자락 아래에서 수백 그루의 복숭아나무를 키웠는데, 상품으로 팔 수 없는 복숭아를 파치라고 불렀어. 어릴 때부터 버들은 파치를 골라 상자에 담는 일을 도왔지. 한참 일하다 보면 손에 낀 흰 장갑은 거무스름해지고, 코밑에도 먼지 수염이 생겼어. 버들은 껍질에 얼룩이 있거나 상처가 생긴 과일에 익숙했어. 자신도 파치였으니까. 파치이자, 파치 감별사였으니까. 어느 봄날, 어린 파치 감별사는 과수원의 높은 둔덕으로 올라면 풍경을 바라봤어. 그때 복숭아나무에 사는 복숭아혹진딧물과 점박이응애가 그들의 주름과 무수한 섬모들로 어린 버들의 느낌과 생각을 감지하며 잎사귀 한 장 한 장에 기록했지. 버들은 바늘잎이 돋아난 높다란 나무에 기대앉아 거의 눈을 감다시피 하며 봄바람에 일렁이는 빛기둥을 바라봤어. 숟가락으로 떠먹은 듯한 움푹 팬 땅에 고추 모종과 푸릇푸릇한 깻잎들이 자라고 있었지. 그 밭너머 산마루엔 호두 껍데기처럼 울퉁불퉁한 회색 바위들이 비탈 아래로 쏟아질 것처럼 엇갈려 있었어. 사람들은 그 바위를 애기바위라고 불렀어. 옛날에 딸만 열둘을 낳은 어떤 여자가 열세 번째 딸을 낳자 아기를 안고 뛰어내렸다는 전설이 있었지. 한쪽 눈을 감고, 그 애기바위를 향해 손을 뻗어 두 뼘쯤 아래로 내려가면 은색 허리띠 같은 도로가 있었어. 버들은 그 도로에서 눈을 떼지 않았어. 얼마 안 있어 그 길로 커다란 버스 한 대가 지나갈 예정이었거든. 바람을 타고 퍼지는 희끄무레한 꽃가루에 재채기가 나오던 날, 버들은 콧물을 훌쩍이며 버스가 지나가길 기다렸어. 손목에 찬 시계를 보면서(어린 버들은 매일 저녁 괘종시계 앞에 서서 오빠에게 시계 보는 법을 배웠고, 큰바늘과 작은바늘의 숫자를 정확하게 읽기 전까지 시계 앞을 벗어날 수 없었지) 친구가 탄 버스가 나타나길 기다렸어. 그날 친구는 먼 곳으로 캠핑을 떠나기로 되어 있었거든.

시계의 큰바늘이 10을 가리키고, 꽃가루 때문에
재채기를 열두 번 했을 때 마침내 주황색 관광버
스가 나타났어. 버들은 침을 크게 삼키며 그 버스
를 주시했어. 새로 산 필통처럼 지붕이 반짝반짝
빛나는 그 버스는 유달리 고요하고 부드럽게 산허
리에 나타났어. 버들은 버스의 궤적을 눈으로 따
라가며 그 안에 탄 친구를 생각했어. 그 애도 버스
창가에서 과수원 쪽을 보며 버들을 생각하기로 했
거든. 비록 두 아이의 눈에 보이는 건 나무의 초록
실루엣이나 차의 겉모습뿐이었지만 함께, 같은 시
간에, 서로를 생각하고 있다면 그건 서로를 보고
있는 거였어. 보이지 않는 선으로 두 마음이 연결
돼 있으니까. 참나무가 자기 안의 도토리를 밀어
올려 줄무늬다람쥐를 불러오듯이, 홀과 홀이 만나
번쩍하고 짝의 에너지를 방출하듯이. 버들은 나무
기둥에 기대어 오롯이 친구의 얼굴과 목소리를 떠
올렸어. 그러자 신기하게도 바람에 증발하는 땀방
울처럼 사르륵 몸이 떠오르는 기분이 들었어. 실
제로 그때 버들이 앉아 있던 땅 아래에선 커다란
가문비나무 세 그루가 굵은 뿌리들을 연결해 지반

의 가장 연약한 부분을 으스러뜨리고 있었지. 질기고 빽빽한 뿌리털들이 하마의 깨물근처럼 강하게 흙 알갱이를 부서뜨렸고, 어린 버들의 엉덩이와 지면 사이에는 실오라기 하나가 통과할 수 있을 만큼의 틈이 생겼지. 그 찰나의 무중력상태에서 화악

(왜 이러지? 무슨 일이야?) 안구 저편에서 탄산 방울이 터져 나오는 것처럼 버들은 눈동자가 쓰라렸어. 그때 버스 지붕에 강한 빛이 내리꽂혔지. 몇 초 뒤 마른하늘에서 천둥이 울렸어. 그 번개 빛을 본 순간부터 버들은 내내 후회하고 또 후회했어(그때 내가 크게 소리쳤더라면, 발광했더라면, 뛰었더라면, 새처럼 날았더라면, 내가 나를 믿었더라면, 어쩌면, 어쩌면 그 애를 붙잡을 수 있었을까). 친구가 탄 버스는 천천히 산 뒤편으로 사라졌고, 버들은 이마와 목구멍이 뜨거워졌어. 자신이 본 번개와 그 빛이 불러일으키는 무서운 생각을 떨쳐내려 초조하게 흙을 움켜쥐었지. 그리고 그날 오후, 버들은 아빠의 트럭을 타고 과수원을 떠났고, 집 근처에 도착해 곧장

친구의 집으로 갔어. 버들이 마당에 들어서자 마루에 엎드려 있던 친구의 언니가 몸을 일으켰어. 다리를 다쳐 캠핑에 가지 못한 언니는 만화책을 잔뜩 쌓아놓고서 신나게 읽는 중이었지. 버들도 신발을 벗어 던지고 마루로 올라가 언니와 함께 배를 깔고 누워 만화책을 봤어. 한동안 그렇게 흑백으로 된 그림들을 보며 시간을 보내고 있을 때 안방에서 전화기가 울렸어. 언니가 절뚝거리며 문을 열고 들어가 전화를 받았고, 버들은 또 눈을 거의 감다시피 뜨고서 흙먼지가 날리는 마당을 바라봤어. 저녁 무렵의 햇살과 회색 시멘트가 깔린 수돗가, 까만 신발 끈처럼 줄지어 기어가는 개미들, 증 증 증 진동음을 내며 나는 파리, 그리고 대문 앞까지 굴러간 친구의 운동화

운동화. 뒤축이 구겨진 그 애의 분홍색 운동화(내가 부르면 조금이라도 더 빨리 나오기 위해 신발을 구겨 신고 깽깽이걸음을 뛰던 그 애). 버들은 고개를 돌려 반쯤 열린 미닫이문을 보았어. 문 너머로 꼬불꼬불한 전화선을 붙잡은 언니의 팔이 보였어. 버들은 이미 알고 있었어. 친구에게 무슨 일이 벌어

졌다는 걸. 어떻게, 무슨 이유로, 미리 알게 된 건지는 모르지만, 버들은 뒤축이 구겨진 그 애의 신발을 본 순간, 전화벨이 울린 순간, 아빠의 트럭에서 졸다 깬 순간, 무서운 번개 빛이 버스 한가운데를 가로지르는 걸 본 순간, 무언가를 이미 알아버렸지. 세상의 모든 사물과 풍경이 그 불길한 예감을 가리키고 있었어. 어린 버들은 생각했어. 그 애는 약속을 지켰을까. 나와 약속한 대로 애기바위 앞을 지날 때 창밖을 보며 날 생각했을까. 계곡에서 헤엄치다 물이끼가 낀 바위에서 미끄러졌을 때, 발끝이 닿지 않은 흙탕물에서 허우적거릴 때, 그 애는 날 생각했을까. 아빠의 트럭에서 졸다가 그 애가 나오는 꿈을 꿨을 때, 그 애는 날 생각하고 있었을까. 아니면 내가 그 애를 생각했을까. 그 애는 자기를 생각하는 내 생각을 따라 날 찾아온 것일까.

늦봄 ⁓⁓ 허물 씹어 먹기

　비는 은색 빗금을 그어 계절과 계절 사이에 액
체 장막을 드리운다.
　모필자가 말한다.
　또 비는 무수한 빗방울로 흙 속의 세균들을 깨
우고 퍼뜨린다(플랑크톤의 액체 이동!) 말라붙은 흙
더미엔 가로줄노린재의 기문처럼 숨구멍이 생기
고, 부들과 창포가 자라는 연못에선 물장군과 물
땡땡이가 점액질로 미끈거리는 물속을 헤엄친다.
시커먼 적란운과 층층이 하늘을 막고 선 두루마리
구름. 어느새 필자의 후각세포에 개구리의 축축한
발바닥 냄새가 감지된다. 필자는 버들과 호랑의

기록을 되살리며 그들의 도시에 내리던 그 비를 맞고 있다.

그해 봄, 빗방울이 딱따구리의 드러밍처럼 지상을 두들겨 흙 속의 냉기를 풀어헤쳤다. 좀작살나무의 늘어진 가지에서 연두색 진딧물이 자기와 똑닮은 새끼들을 어우렁더우렁 낳았고, 층층나무의 갈라진 껍질에서 수액이 흘러나와 달콤하고 끈적하게 부엽토를 적셨다.

그리고 버들의 입술에선 끊임없이 말들이 흘러나왔다. 봄은 버들의 혓바닥을 잡아당겨 조금씩 늘어나게 했다. 양극성정동장애란 그런 것이다. 한쪽으로 한쪽으로 팽팽하게 당겨지는 것. 완전히 움츠렸다가 보이지 않을 만큼 높이 튀어 오르는 것.

순식간에 차오른 봄의 밀물은 잠의 방파제를 넘어 버들의 혀와 입술을 적셨다. 봄이 일으키는 물보라에 휩쓸리며 버들은 코가 맹맹해지고 배가 빵빵하게 부풀어 올랐다. 갈고 찢는 봄의 소리, 씹고 깔짝이는 봄의 리듬. 물장군의 노란 유충이 한꺼번에 부화해 좁쌀처럼 쏟아져 나오고(노란 발, 노란

몸통, 노란 입틀), 뽕나무하늘소 애벌레가 뽕나무 잎 줄기를 씹고 씹고 또 씹어댔다. 여름에 낳은 알, 봄에 깨어나고 가을에 만든 번데기, 봄에 으스러졌다. 사방에서 봄에 기대어 봄을 물어뜯고 있었다. 어른벌레는 잎의 겉면을, 애벌레는 뒷면의 부드러운 잎살을. 까만 오리나무잎벌레가 물오리나무잎을 차례로 넝마로 만들었고, 핀 프르르르 멀리서 울새 소리가 들리면 위협을 느낀 애벌레들이 배와 꼬리를 들어 느낌표처럼 몸을 치켜세웠다. 고통이야, 축제야!

그게 바로 봄이었다. 봄은 인정사정없이 버들을 찢어발겨 새로운 잎이 돋아나게 했다. 버들의 눈은 점점 더 선명하게 밝아졌고, 낮이나 밤이나 잠을 이룰 수 없었다. 잠을 자려고 하면 봄이 버들을 마구 찔러 깨어나게 했다. 언제나 잠이 문제였고 그게 버들이 돌아가는 축이었다. 겨울 동안 하루와 하루를 잠으로 이어 붙이던 버들은 봄이 되자 하루가 어떻게 시작하고 끝나는지 모른 채 봄의 바퀴와 함께 쉬지 않고 굴러갔다. 조의 시대로, 조증의 나날로. 딱따구리가 나무를 쪼아대는 빠르기로.

울증의 시절이 끝나고 조의 아침이 밝은 것이다.

태양은 이글거리며 떠올라 새벽부터 버들의 살갗을 데우고 눈꺼풀을 들어 올렸다. 버들은 이마가 달아오르고 뺨이 붉어지며 눈과 입술이 갈망으로 반짝였다. 봄은 버들을 열어젖혔고, 그렇게 열린 버들은 세상을 향해 소리쳐야 했다. 밤의 메신저와 새벽의 전화선을 타고 자신에게 찾아온 봄을 알려야 했다. 잠들지 못하는 길고 긴 한밤중 그게 아니라면 무얼 할 수 있겠나.

「내가 이렇게 절실하면 해도 되는 거 아냐?」

버들의 진심은 그 어떤 영양분도 필요 없이 스스로 뿌리와 잎을 키웠다. 안정과 상식이라는 세상의 땅을 두더지처럼 파고들어 말과 느낌이 오가는 구멍을 냈다. 버들의 머리가 파고들면 버들이 맺은 관계가 들썩였고, 버들이 상처를 고백하면 사람들의 얼굴이 일그러졌다. 버들은 위험을 알리는 마멋처럼 소리쳤고, 마멋을 사냥하는 솔개처럼 퓌—호로로로로 울었고, 침입자를 경계하는 딱새처럼 지저귀다가, 새끼의 날기 연습을 응원하는 까치처럼 꽥꽥댔다. 사람들은 버들의 소리에 즈즈

즈 몸서리치며 귀를 막았다.

버들은 멈출 수 없었다. 버들은 봄 자체였으니까. 잠을 잘 수 없었으니까. 그 넘쳐나는 시간의 채찍이 날마다 버들의 살점을 물어뜯었으니까. 피가 철철 쏟아지듯 무수한 반짝임과 열기가 버들의 밖으로 쏟아져 내렸다.

「여러분, 인간을 함부로 꺾지 마세요. 아이를 사랑하세요. 친구들아, 너희는 왜 내 말에 귀를 기울이지 않니? 언니야, 대체 넌 왜 저런 사람과 결혼한 거야? 나의 조카야, 너의 눈이 애처롭구나. 너에게 세상에서 가장 아름다운 동화책을 읽어줄게. 음악을 들려줄게. 함께 춤을 추자. 너의 어버이와 닮지 않게. 나의 연인, 넌 아직 멀었어.」

가느다랗고 떨리는 버들의 목소리는 밤새 계속되었다. 지상으로 내려오는 빗방울이 도중에 찬 공기를 만나 육각형 모양으로 얼듯이, 버들의 목소리는 사람들에게 스미지 못하고 중간에 얼어붙었다. 눈송이처럼. 차갑고 녹기 쉬운 슬픔과 외로움의 결정체들이 쌓이지 못하고 흩날렸다. 그런데도 버들은 자기를 열고 세상으로 뛰어들었다. 그

것이 사랑이라고 믿었다. 믿음이 너무 커서 아무 것도 증명할 수는 없었지만, 그건 분명 세상을 향한 버들의 사랑이었다. 손바닥에 쇠못이 박히는 순간조차 기도가 나오는 사랑, 동냥 그릇에 침을 뱉으며 욕해도 지그시 미소 짓는 사랑, 불타는 장작더미 위에서도 웃음이 비어져 나오는 사랑, 사랑의 병자, 사랑의 구둣발. 다른 말로 돌아가거나 포장지로 가릴 수 없는, 알맹이 그대로의 사랑.

버들은 오랜 시간 고삐에 속박당한 당나귀처럼 뒷발을 높이 쳐들었다. 몇 번이고 몇 번이고 허공에 뒷발질하며 갈퀴가 난 머리를 흔들었다.

# 집. 거실. 동틀 녘.

너저분한 식탁, 바닥에 눌어붙은 양념 자국과 빈 그릇들. 막 잠에서 깬 부스스한 얼굴의 호랑이 외출 준비를 마친 버들을 붙잡고 서 있다. 대치 상태.

**호랑** 첫차 다니면 가.

**버들** 갑갑해. 숨 막혀.

**호랑** (버들이 손에 든 짐 꾸러미를 내려다보며) 그건 뭐 하게?

**버들** 보여주게. 날 설명해야지.

**호랑** 일기를? 누구한테?

더는 설명하고 싶지 않다는 버들의 표정. 수없이 너에게 말하고 또 말해줬는데도 너는 또 그런 얼굴로 날 무시하고 비난한다는 표정. 지치고 슬프고 더는 참을 수 없다는 표정.

**호랑** 그렇게 다 보여주면 사람들이 싫어해.

**버들** 숨기 싫어. 너도 그만 숨어. 아무도 우릴 헤치지 않아.

92

**호랑**  넌 자야 돼. 잠을 못 자서 그래.

**버들**  언제는 그만 좀 자라며!


더는 할 말이 없다는 호랑의 표정. 머릿속에 떠
오르는 말을 혀끝으로 풀어내기 버겁다는 표정.

잠은 하루에 여덟 시간! 티끌트윙클이 튀어 오른
다. 봄이건 겨울이건 태양이 지구의 북반구를 얼
마 동안 비추건 간에, 인간은 하루를 24등분으로
나눠 그 시간을 먹고 자고 일하는 데 써야 한다고
호랑은 생각했어. 넘치면 덜어내고 모자라면 부어
가며, 저금통에 동전을 넣듯 그렇게 차곡차곡, 그
게 사람들이 살아가는 방식이라고, 우리도 그 방
법에 맞춰 살아야 한다고(우린 같이 살기로 했잖아,
같이 죽기 전까지) 호랑은 버들에게 말하고 싶었지
만, 살갗을 뚫고 들어오는 주삿바늘을 참듯 어금
니만 악물었지. 말한다 해도 버들은 들을 수 없었
어. 버들의 귀는 이미 자기 안에서 넘쳐나는 소리
로 빼곡했으니까. 버들은 잠을 이루지 못했고, 그
래서 버들의 몸과 정신은 불붙은 성냥 머리처럼,
타오르는 색색의 초처럼 뜨겁게 녹아내렸지. 시
소처럼 한쪽으로 기울고 녹슨 그네처럼 삐걱거렸
어. 그러니까 버들은 우리 육발이처럼 산 거야. 꼼

짝 안고 잠만 자다가 봄이 되면 깨어나 쉴 새 없이 깔작이는 삶! 겨우내 땅속에서 기다린 번데기에게 잠잘 시간이 있을까? 언 땅을 뚫고 피어나는 노루귀에게 개화를 늦추라고 할 수 있어? 봄 한철 동안 짝을 찾아 둥지를 만들고 새끼를 낳아야 하는 새들에게 노래를 멈추라고 할 수 있어? 그러기엔 봄은 짧고, 낮의 해가 더 길어지면 키 큰 나무들이 본격적으로 잎을 피우기 시작할 거야. 그 나무들이 깨어나기 전까지 키 작은 봄꽃들은 그 해의 할 일을 모두 마쳐야 하지(짧아, 짧아, 봄은 왜 이리 짧을까). 새는 노래 부르고, 꽃들은 구르는 봄의 바퀴에 올라타 멀리멀리 씨앗을 퍼뜨려야 해.

호랑은 버들의 리듬을 알고 싶었다.

모필자가 말한다.

언제 조증의 파도가 몰아치는지, 어떻게 하면 그 물살에 휩쓸리지 않을 수 있는지, 약이 도움이 되는지, 의사의 상담은 오히려 버들을 혼란스럽게 하는 게 아닌지(약을 끊지 말아요, 한 시간만이라도 푹 자고 싶다고 애원하던 때를 잊었나요? 그 동성 애인은 여기 와서 같이 얘기해볼 생각 없대요?).

호랑은 혼란스러웠다. 모든 굴레와 의심을 벗어버린 버들 대신 자신이 더 무거운 갑옷을 입고 두 사람을 지켜야 한다고 생각했다.

버들은 발가벗고 싶었다. 마음의 흐름을 가로막는 계산과 망설임을 몽땅 걷어치우고 싶었다. 몸을 압박하는 조임줄과 살갗에 닿는 온갖 섬유들이 참을 수 없이 거칠고 투박하게 느껴졌다.

처음에 버들은 조금이라도 가볍고 통기성이 좋은 옷감을 찾았다. 무명천이나 린넨, 인견, 친환경

섬유 몇 퍼센트. 공장에서 찍어낸 조악한 무늬나 흐리멍덩한 색은 피하고 싶었다. 버들은 보는 즉시 망막에 맺힌 빛이 가슴까지 물들이는 선명한 색을 원했다. 붓으로 그리고, 손으로 찢은 듯한 디자인을 찾았다. 그림을 벽에 걸어놓듯 버들은 아름다운 옷을 창가에 걸어놓고 빛이 섬유를 투과하는 모습을 바라봤다. 그러나 그렇게 눈을 밝혀주고, 피부를 편안하게 감싸주는 옷들은 비쌌다. 버들에겐 그것들을 다 살 여유가 없었다.

그럼에도 버들과 호랑의 집에는 매일 택배 상자가 쌓여갔다. 버들은 사계절의 옷과 신발, 모자, 가방, 빈티지 액세서리, 쓸모를 알 수 없는 갖가지 소품 들을 사들였다. 손으로 가죽을 무두질해 만든 여행 가방을 고르고, 특이한 장신구가 달린 벨트와 장난스러운 멜빵을 인터넷 장바구니에 쓸어 담았다. 기름을 넣어 쓰는 램프와 조도를 조절할 수 있는 스탠드, 단종된 카메라, 영어로 된 하드커버 사진집……. 사고 싶은 물건은 끝도 없이 쏟아졌고 어떻게든 사 모았다. 버들은 같은 종류의 물건을 여러 개 사놓고도 자신이 뭘 샀는

지 잊었다. 집에 배달된 상자들을 뜯어보지도 않
았다.

# 집. 저녁.

집에 들어서는 호랑. 현관에 종이 상자와 비닐 백에 담긴 물건들이 쌓여 있다. 짐 더미 때문에 신발을 벗기도 힘들다.

**호랑**　이게 다 뭐야?
**버들**　내가 다 정리할 거야.

버들은 호랑을 보지도 않은 채 짐 더미들을 한쪽으로 밀어버린다. 호랑이 발길에 차이는 펠트 모자들을 내려다본다.

**호랑**　이게 다 얼마야?
**버들**　또 돈 얘기야?

쪼그려 앉아 상자를 치우던 버들이 호랑을 쏘아본다. 충혈된 눈동자, 얼굴부터 목덜미까지 다 벌겋다.

# 집. 또 다른 저녁.

물건들로 집 안은 발 디딜 틈이 없다. 겹겹이 쌓인 물건 더미 사이에서 호랑이 포장을 뜯고 있다. 버들도 그 뒤에 앉아 옷과 신발을 정리한다. 물건들이 두 사람 사이를 벽처럼 가로막고 있다.

**호랑**  이건 똑같은 게 네 개나 있어.

**버들**  달라, 디테일이 다 달라.

**호랑**  (빛바랜 은색 버클을 짤랑거리며) 이걸 돈 받고 파는 사람이 있어?

**버들**  디자이너가 손으로 하나하나 만든 거야. 독일로 유학 간다고 나한테 싸게 준 거야.

**호랑**  버린 거네. 버리는 것도 돈 드니까, 너한테 버린 거야. (흠집 많고 낡은 워커를 들어 보이며) 이건 사이즈도 안 맞아. 대체 이걸 왜 산 거야? 나 괴롭히려고?

호랑이 워커를 집어 던진다. 비닐백을 찢고 상자를 발로 찬다. 그 모습에 버들이 말없이 방으로 들어간다. 방문이 닫히고 곧이어 **뺨 때리는 소리**가 들린다.

괜찮다고, 죽는 거 아니라고, 이렇게 통증이 느껴지다고, 버들은 자기 뺨을 때리며 스스로를 다그쳤어. 티끌트윙클이 튀어 오른다. 그렇게 하지 않으면 호랑의 말에 찔려 온몸이 녹아내릴 것 같았거든. 마음의 통증을 몸으로 바꿔야 했어. 차라리 몸이 아픈 게 나았어. 버들은 팔뚝을 때리고 가슴을 치면서 덜덜 떨었어. 호랑이 다가와 손목을 붙잡으며 말리면, 버들은 몸을 비틀며 호랑의 눈을 똑바로 바라봤지. 호랑은 버들의 시선을 피했어. 짐승, 굶주리고 헐벗은 짐승, 몰리고 몰려 더는 물러설 데 없는 벼랑, 그 벼랑을 등지고 서서 쏘아보는 악에 받친 눈동자, 껍데기를 찢고 나온 있는 그대로의 욕망(우린 그걸 탈피라고 부르지. 날개돋이의 순간이야). 감각이 발달하면 논리의 고리는 약해지기 마련이라 버들은 자신이 하는 일들의 마땅한 이유를 찾을 수 없었어. 돈이란 버들에게 단순한 숫자일 뿐이었지. 자물쇠를 여는 비밀번호 같은 거였어. 제대로 알아봐주길 바라며 세상에 나온 사물들, 그 아름다움의 가치를 호명해주고 싶었지. 길가에 핀 꽃들에게 '갑순이, 을순이, 병순이'라고 이름을 붙여주듯 버들은 오래되고 흠집난 물건 하나하나에 이름을 붙여주고 싶었어. 다량의 수면제를 먹고도 잠들지 못한 어느 밤, 버들은 찬비를 맞으며 거리를 헤맸어. 전화를 걸고 문자를 보내고 직접 찾아가 물었어. 「당신이 날 그렇게 대한 이유가 뭔가요?」 버들은 이야기를 멈추지 않았어. 17년 동안 땅속에서 기다린 매미에게 조용히 하라고 할 수 있을까? 5년간 유충으로 지낸 장수하늘소에게 참나무를 날아다니는 2주의 시간을 빼앗을 수 있어? 해저 생물의 울음으로 잠의 밑바닥을 헤엄쳤던 버들은 장수하늘소가 되고, 매미가 되어 세상에 대고 외쳤어. 더는 자신의 소리를 감추지 않았지. 「오빠 친구는 나한테 왜 그런 짓을 했을까? 왜 아무도 나를 지켜주지 않았지?」 버들의 울음은 온통 의문문이었어. 과거로 되돌아가 캄캄하고 눅진 상처의 종유석을 더듬었지. 「오빠 때문이야. 나 어릴 때 오빠가 팬티 검사를 했거든. 내가 밤에 오줌 싼다고. 그래서 오빠 친구가 그랬을 때, 난 팬티 검사를 하는 줄 알았어.」 버들은 말을 멈추지 않았어. 그 말들은 벌어진 버들의 살갗을 타고 흘렀고, 개미가 내뿜는 개미산처럼, 노린재가 분비하는 생화학 액체처럼, 아까시나무가 내뿜는 진액처럼, 주변 사람을 등 돌리게 했어. 버들의 말에 호랑 역시 오랜 흉터가 벌어지고 통증이 일었지. 그리고 그 아픔은 지금 그들의 기억을 되울림하는 내 신경 마디들에도 영향을 미치고 있어. (우우, 거기 살구나무 가지에 거꾸로 매달린 오목눈이야, 지친 나에게 잘 마른 나뭇잎 한 장 떨어뜨려 주겠니?)

필자는 호랑의 성장기를 관찰하고 기록한 우리의 채록물 위에 서 있다.

모필자가 말한다.

시간의 풍화와 침식작용에도 사라지지 않는 불안의 난반사와 응어리진 충격파가 필자의 윗입술을 떨리게 한다. 그러나, 그렇다고 해도, 버들의 팬티 검사 기억과 호랑의 욕실 구멍 기억은 두 암컷 엄지의 내면 진피와 관절지 형성에 주요 영향을 미쳤기에 필자는 모른 척 지나칠 수 없다.

10대 시절, 호랑은 어버이의 곁을 떠나 정서적 유대가 깊지 않은 조부모의 영향 아래 청소년기를 보냈다. 할머니네 곁방에서 지내던 호랑은 어느 날 다락으로 올라가는 나무 벽에 작은 구멍들이 뚫려 있는 걸 발견했다. 나무판자는 욕실과 이어진 벽면이었다. 그 나무 벽에, 욕실을 훔쳐볼 수 있는 자리에, 송곳으로 뚫은 듯한 작은 구멍들이 있었다(그리고 그 다락은 사촌 오빠의 방 안에 있었다

는 사실을 우리는 우리에게 전해진 쥐며느리의 기록을
통해 추론한다). 호랑은 구멍에 눈을 대고 들여다봤
다. 희미한 빛과 함께 주황색 타일이 깔린 욕실이
보였다. 거기에서 속옷을 벗고 몸을 씻었던 호랑.

와그작와그작 와그작와그작

필자는 이 기록의 그을음을 굶주린 사시나무잎
벌레에게 넘겨준다. 분쇄 처리해야 할 기억은 또
있었다. 어느 날 호랑이 잠들었을 때, 술 취한 남자
친척이 방으로 들어와 호랑의 곁에 누웠다. 그 남
자는 호랑의 가슴에 손을 얹었고, 놀란 호랑은 눈
을 뜨지도 못한 채 뒤척이는 것처럼 몸을 돌렸다.
그 남자는 다시 호랑의 어깨 너머로 손을 뻗어 뭉
툭한 손마디로 호랑의 가슴을 더듬었다.

와그작와그작 와그작와그작

(오, 필자는 이 단어로 단락을 전부 채우고 싶다.)

또 이런 기억. 호랑이 더 어렸을 때 동네 슈퍼 할
아버지가 호랑을 불러 무릎에 앉혔다. 호랑은 무
릎을 구부리며 조심스럽게 앉았고, 그 순간 그의
손이 호랑의 가슴을 덮었다. (가슴이라니, 일곱 살 두
발이엄지에게 무슨 가슴? 머리-가슴-배, 그렇게 인간

이 우리 몸을 구분하며 핀셋으로 꿰뚫는 그 가슴을 말하는 건가?) 어린 호랑은 일어나 도망쳤고, 그 사실을 아버지에게 말했으나 아버지는 아무런 조치도 취하지 않았다. (와그작와그작) 대학생 때 술 취한 교수가 억지로 호랑에게 입을 맞추려 했을 때 (와그작와그작) 그때 호랑은 도리어 그 교수에게 자신의 거절을 사과했다. (호랑이 너도 와그작) 남자 선배가 모텔이 즐비한 골목에서 호랑의 팔과 가방을 잡아당겨 가방끈이 끊어졌을 때, 어두운 밤 막다른 길로 접어든 택시기사가 갑자기 운전석에서 내려 호랑이 있는 뒷좌석의 문을 열고 들어왔을 때

아흐, 동동다리

차라리 필자는 회오리바람을 타고 외딴섬으로 가는 게 낫겠다. 차라리 직박구리처럼 크게 우는 게 낫겠다. 쨧시 쌧시 깟시! 우리의 잎벌레들이 호랑의 그 기억을 모조리 갉고 소화해 기체로 방출하며 이렇게 외치리.

자연으로 돌아가!

이 말은 버들이 누군가를 저주할 때 쓰는 주문이었다. 언젠가 버들과 호랑이 함께 산책할 때 버

들은 '학교 앞 천천히'라는 표지판 앞에서도 굉음
을 내며 과속하는 오토바이를 향해 이렇게 말했다.

「자연으로 돌아가!」

그것이 버들이 미움을 표현하는 방식이었고, 호
랑은 버들의 그런 방식을 사랑했다. 물들고 싶었
고 같이 외칠 수 있었다.

자연으로 돌아가!

세상엔 한시라도 빨리 자연으로 돌아가야 할
'자돌이'가 많았으나, 그러나, 그렇다고 해도, 그런
세상이라도, 세상은 버들을 만들어 호랑의 곁에
보내주었다. 그것이 호랑이 이 세상이 증오로 가
득 차 있지만은 않다고 믿는 이유였다. 그것이 호
랑이 버들의 옷과 신발을 정리하며 버들의 욕망
과 버들의 상처, 버들의 조증을 이해하려는 이유
였다.

초여름 〰️ 영역 넓히기

이맘때면 짝을 찾지 못한 새들이 울부짖어. 티끌 트윙클이 튀어 오른다. 노래하거나 지저귀는 게 아니라 정말 목놓아 울부짖지. 그러거나 말거나 대나무 줄기 사이에 둥지를 만들어 알을 낳은 휘파람새는 새끼가 깨어나길 기다리고 있어. 옅은 핑크빛의 작약과 그보다 진한 핑크빛의 모란이 보드라운 꽃잎을 펼치고, 흰 꽃잎에 연노랑 꽃밥이 담긴 찔레꽃 안으로 꽃등에와 꽃무지가 찾아들지. 환한 자줏빛 꽃을 피운 엉겅퀴 위에서 풀색꽃무지 한 쌍이 아예 살림을 차렸군. 먹는 건지 하는 건지 분간이 안 돼. 오밀조밀한 연보랏빛 꽃잎이 무리

지어 핀 쥐오줌풀밭에선 알락꽃하늘소가 위아래로 겹쳐 짝짓기하고, 짙은 향기의 아까시나무 잎에선 긴 더듬이를 뻗은 아무르하늘소붙이 한 쌍이 시간 가는 줄 모르고 붙어 있어.     케엑

　　　　케쿄!

돌부리 밑에 엎드려 있던 생쥐가 크게 재채기하자 그 모습을 지켜보던 어치가 민첩하게 날아올라 수직으로 낙하했지. 어치는 회색 쥐를 물고서 곧장 둥지로 향했고, 따듯한 쥐의 머리는 새끼 어치의 날개 뼈로 흘러갔어.     삐     뾰

　　　　　　　　빼 뾰　　　　뾰!

흥분한 새끼들이 여름의 바퀴를 따라 와랑와랑 자라고 있어. 오렌지색 윤기가 흐르는 열점박이잎벌레가 막 꽃봉오리를 펼친 나팔꽃으로 착지하면, 구릿빛 딱지날개를 가진 홍단딱정벌레가 지렁이를 잘강잘강 씹어대지. 저기, 이끼 낀 바위를 굽이치는 개울! 돌과 돌 사이 고인 물 위에서 길고 가는 다리로 균형을 잡은 장수각다귀가 알을 낳고 있어(아, 각다귀의 날개는 햇빛에 비춰본 나뭇잎이야), 흙과 수풀들이 둥둥 떠가는 물줄기를 따라가면 잠

자리 애벌레가 물벼룩을 쭈잇쭈잇 씹어 먹고, 기다란 창포 잎줄기에서 다리무늬침노린재가 진딧물 배에 침을 꽂아 찌류찌류 체액을 빨아대는, 그야말로 조증과 도파민의 도가니! 그해 여름, 버들은 나날이 신경이 곤두섰어. 뺨은 붉게 달아오르고 목소리는 노린재의 침처럼 날카로웠지. 버들은 먹지도 않고 자지도 않았어. 낮이고 밤이고 쉼 없이 바퀴를 굴리며 더 세찬 조증으로 나아갔지. 버들은 매일 아침 흥분과 설렘에 취해 밖으로 나갔어. 사람이 있고, 느낌이 흘러넘치는 곳으로. 그러고는 밤이 되기도 전에 깨지고 부서진 몸으로 집에 돌아와 쓰러졌지. 그런데도 버들은 계속 열려 있기를 원했어. 열어서 만나고, 만나서 이어지고 싶어 했지. 말과 소리로 주고받길 원했어. 이 활기를, 살아 있음을. 거칠고 시끄러운 의자 발에 테니스공을 잘라 끼우듯, 난폭하고 무신경한 세상의 말과 시선에 겁먹고 움츠린 이들에게 손을 내밀고, 도무지 아물지 않은 상처를 지닌 이들에게 밴드를 붙여주고 싶어 했어. 나도 그렇다고, 나에게도 당신의 그 상처가 있다고. 그렇게 입을 열어 자신의 생채기를 꺼내 보이면 어떤 이들은 버들 앞에 재판소를 세워 땅땅땅 판사봉을 때렸지. 냉소와 야멸찬 웃음으로 버들의 진심을 내동댕이쳤어. 그렇게 멍들고 찢어져도 버들은 계속 사람들과 연결돼 있고 싶어 했어. 「왜 너 자신을 낭비해. 왜 그렇게 너 자신을 꺼내서 진열해놔.」 호랑은 버들을 이해하지 못했어. 버들의 마음은 알았지만 버들의 방식은 위험하고 어리석어 보였지. 하지만 기절하듯 쓰러져 잠이 든 버들을 보고 있으면, 세상의 몰인정함뿐 아니라 자기 자신과 끝없이 싸우고 있는 버들을 느낄 수 있었어. 이불 밖으로 나온 버들의 손목, 그 손목 안쪽에는 시계의 초침처럼 짧은 선들이 둥글게 새겨져 있었어. 자해한 칼자국을 가리려고 새긴 타투. 그게 버들의 삶인 걸까? 상처를 가리려고 만드는 또 다른 상처? 호랑이 벽에 기대어 앉아 생각에 잠겨 있을 때, 잠든 버들이 이불 밖으로 다리를 뻗었어. 버들의 허벅지에 있는 또 다른 흉터가 보였지. 오래전 버들이 어느 회사에서 일했을 때 생긴 상처였어. 그때 버들은 화분에 물을 주려다 쓰러뜨렸고, 깨진 화분 파편에 허벅지를 찔리고 말았어. 피가 철철 흐르는 상처를 휴지로 눌러 막고서 버들은 호랑에게 전화했어. 「어떡해, 화분을 깨뜨렸어. 비싼 건데, 어쩌지?」 그 애처로운 목소리는 호랑의 귀를 통과해 지워지지 않는 흔적을 남겼고(그 화분에 살던 응애들이 난초를 갉으며 그때 일을 기록했고) 호랑은 두 번 다시 네가 다쳤을 때 상처보다 돈을 먼저 생각하게 하지 않겠다고 다짐했어. 그런데 지금은? 지금 나는 어떻지?

# 침대 위.

붉은색 암막 커튼 사이로 여름의 햇빛이 길게 비쳐 든다. 호랑은 침대 아래에 앉아 잠든 버들을 보고 있다. 버들이 이불을 발로 걷어차며 깨어난다.


**버들**  왜 안 왔어? (잠꼬대하듯) 왜 불렀는데 안 왔어?

**호랑**  아무 소리도 안 났는데. 내가 계속 보고 있었어.

**버들**  엄청 불렀어. 아무리 불러도 안 왔어. 사람들이 다 욕하는데, 아무리 불러도 안 왔어.


무거운 쇳덩이를 들어 올리듯 버들이 손을 들어 자신의 팔을 때린다. 손가락을 꺾어 우두둑 바드득 소리 낸다. 마비된 것 같은 몸을 때리며 잠에서 깨어난다.


**버들**  나 얼마나 잤어?

**호랑**  15분. 이틀 만에 겨우 잠들었는데.

**버들**  그래도 자니까 나아.

**호랑**  뭐 좀 먹을래? 탕수육 먹으러 갈까? 주스 줄까?

**버들**  아니, 안아줘.

**호랑**  배 안 고파?

**버들**  안아줘.


호랑이 침대로 올라가 버들을 끌어안는다. 두 사람이 서로의 몸을 더듬는다. 다리와 다리가 엇갈려 겹치고, 호랑의 손이 버들의 팬티를 비집고 들어가 엉덩이를 어루만진다.

두발이엄지들의 불균질한 감정,

모필자가 말한다.

아무리 균형을 잡고 서 있으려고 해도 그 감정의 박막층에 필자는 뒷다리가 떨리고 타액관이 비틀린다. 인간에게 감정이란 무엇인가. 암수딴몸인 그들이 생존과 번식을 위해 개발해낸 짝짓기 전략 아니었던가. 벌과 꽃등에가 식물의 꽃가루를 암술머리에 묻혀주듯 인간은 서로가 주고받은 상처와 아픔으로 이어져 관계의 쇠사슬을 끌며 살아간다. 그런데 비생식 암컷 엄지는 무엇을 위하여 함께하는가. 번식을 향한 유전자 메커니즘이 아닌 그 무엇이, 그들의 관계를 추동하고 지탱하는가.

필자는 '생각'이란 한계에 빠져 있음을 고백한다. 두발이엄지들의 자료를 되울림하며 그들의 너저분한 생각 기능이 필자의 신경에 영향을 미친 듯하다. 누 선생이 경고했던 한숨과 사색의 미로에 필자 역시 빠지고 만 것이다.

시간이란 무엇인가. 7년간 땅속에서 버즘나무의 뿌리 즙을 빨며 살다 7일 동안 밖으로 나와 날개를 비비며 우는 참매미에게 시간이란 무엇인가. 공간은 뭐지? 어디가 안이고, 어디가 밖인가? 볼 수도, 향기를 맡을 수도 없는 땅 밑에서 지상의 꽃들이 피어나는 횟수로 한 해와 한 해를 세는 번데기에게 시간이 흐른다는 건 어떤 의미인가.

5년간 땅속에서 애벌레로 지낸 장수하늘소는 떡갈나무의 싱싱한 나뭇잎 사이에서 단 2주를 산다. 썩은 때죽나무 틈에서 1년 동안 애벌레와 고치로 열심히 자신을 갈고닦은 검정꽃무지는 꽃들 속에서 고작 열흘을 산다.

고작, 겨우, 단. 이렇게 인간의 언어는 우리의 시간을 재단하고 비교하며 우리가 우리 자신을 탓하게 만든다. 덧없다거나 허무하다거나 잔혹하다는 말로 우리의 삶을 못 박아 고정해놓고 우리가 누렸던 꽃가루와 나무진, 과일즙의 기쁨을 얄팍하게 증발시킨다.

묻혀 있지 않았다면, 어둠과 잠에 둘러싸여 고치 안이나 땅 밑에서 깜박 이 세상을 잊어버리지 않았다면, 그래서 끝없이 끝없이 다른 몸과 다른 느낌을 상상하지 않았다면, 어떻게 우리가 탈바꿈의 신비를 우리 안으로 불러들일 수 있었을까. 물러서고 비워두지 않는다면, 다람쥐가 나중에 먹으려고 도토리를 이곳저곳 숨겨뒀다가 자신이 아껴둔 것조차 잊어버리지 않는다면, 검은머리박새가 잣나무 열매를 모아둔 걸 까맣게 잊지 않는다면, 어떻게 또 하나의 갈참나무와 잣나무가 싹을 틔울 수 있을까. 인간이야말로 이 세상이 먹다 흘린 씨앗 부스러기 아닌가. 자연이 그 존재를 잊은 사이, 인간은 저 혼자 진화의 잎사귀를 무럭무럭 뻗어갔다. 그리고 우리 육발이들은 지상의 모든 잎사귀를 갉아 무한대로 퍼져나가는 걸 막듯이 두발이엄지들의 사나운 곁가지를 분질러 다듬어야 하는 대우주적 책무를 떠맡은 것이다.

한여름 〰️ 빛 아래에서

번개가 기지개를 켜고 눈을 부릅뜨기 시작했다.

모필자가 이어 말한다.

한여름이 되자 여느 때처럼 남쪽 산맥에서 생긴 편서풍을 따라 구름이 몰려오고, 그 뇌운에 고온 다습한 북태평양고기압이 뒤섞여 대기를 불안정하게 만들었다. 비로소 지구가 구부렸던 등을 펴기 시작한 것이다. 우두둑 바드득, 산맥과 산맥 사이의 공기 방울이 터지며 이 행성의 무정형 에너지들이 여섯 번째 재앙에 시발점이 될 번개와 천둥을 찍어내기 시작했다.

지구라는 푸른 구슬, 그 구슬을 갖고 노는 새

를 떠올려보자. 길고 날렵한 꽁지깃을 가진 새에
겐 아무런 악의가 없고, 구슬을 향한 동정심도 없
다. 다만 조금씩 커지는 허기와 단단하고 윤기 나
는 부리로 마음껏 찍고 굴릴 수 있는 놀잇감이 있
을 뿐. 새가 날카롭게 구부러진 부리로 구슬을 찍
어대면 지구의 중력에 붙들려 사는 무수한 존재들
은 이리저리 요동칠 수밖에 없다.

그해 여름, 북부 산악지대에 머물며 간간이 대
기를 찢어대던 번개가 도시로 내려와 발을 굴렀
다. 버들과 호랑이 사는 작은 집에도 천둥이 울렸
다. 밥을 먹고, 서로의 몸에 기대어 눕고, 물기를
탁탁 털어 빨래를 널고 있을 때 불현듯 창문이 번
쩍이며

아당

아르르당

된소리와 뒤섞인 거센 파열음이 울렸다. 하늘은
잿빛 먼지처럼 구겨졌고, 먼 허공이 금이 간 거울
처럼 갈라졌다. 번개가 엔진의 시동을 걸자 하늘
기계가 삐걱거리고 덜컹댔다.

악당

아르르당

천둥소리에 이웃집의 개들이 앓는 소리를 냈고, 예민한 청각을 가진 버들도 그 소리에 놀라 호랑의 품을 파고들었다. 10분 동안 스무 번이나 아당 아르르당 악한 악당. 빛과 소리가 경련하며 창문을 뒤흔들었고, 거리를 걷던 사람들이 허청허청 비틀거렸다. 여름날의 번개는 대부분 대기를 몇 번 휘젓다가 비구름에 물러나기 마련이었지만, 이 굶주리고 끈질긴 새는 어떻게든 구슬을 반으로 쪼개 그 안에 든 영양분을 쪼아 먹고 싶었다. 구슬을 물고 머리로 타원을 그리며 바위에 내리쳤다.

몇 번이나, 몇 번이나.

해가 환하게 떠 있는 대낮에도 번개는 멈추지 않았고, 그렇게 포악하게 하늘을 찢어댄 뒤에도 비는 한 방울도 내리지 않았다. 오직 소리와 빛으로, 하늘을 이고 사는 자들에게 머리 위의 높고 먼 존재를 알려주겠다는 듯, 번개와 천둥이 마른하늘을 쥐어짰다. 여름날, 또 여름날, 그리고 이어지는 여름날의 오후. 세상은 번개로 깜박거렸고, 이어지는 굉음에 누군가는 솜뭉치로, 누군가는 헤드

폰으로 귀를 틀어막았다. 누군가는 히뜩히뜩 웃었고, 누군가는 하늘을 향해 고개를 쳐들고 욕을 퍼부었다. 그 모든 인간다운 반응에 담요를 덮어 매질하듯 번개는 양이온과 음이온의 전자사태를 만들어 지상에 쏟아부었다. 모든 이의 눈앞에, 높고 낮은 지붕 위에 빛으로 자기 힘을 전시했다. 한 사람 한 사람 안에 들끓는 변덕과 자기과시, 끝도 없는 욕심과 시기심을 번개는 나무뿌리 모양의 빛줄기로 쉽게 깨부쉈다.

학교는 휴교와 등교 사이를 오락가락했고, 기업과 정부는 허둥지둥 건물의 번개 방호 시스템을 새로 만들거나 정비했다. 기상청의 전화는 수신음으로 뜨거워졌으며 기상예보관들이 뉴스의 오프닝과 엔딩을 도맡았다.

새는 포기하지 않았다. 언젠가 껍질이 딱딱한 열매를 쪼아 먹었던 기억이 떠올라 구슬을 물고 하늘로 떠올랐다. 그와 동시에 지구의 대기는 고기압과 저기압이 팽팽하게 맞서며 슈퍼컴퓨터로도 계산할 수 없는 확률의 혼돈 속으로 빠져들었다. 뉴스 속보, 뉴스 속보. 쌓여가는 재난경보 문자들.

새는 몇 번의 날갯짓과 공중 선회 끝에 어느 회색 길에 다다랐다. 열기에 달궈진 길 위로 가볍게 착지해 해류와 대류가 끊임없이 교차하는 그 푸른 구슬을 홀가분하게 내려놓았다. 거대한 바퀴가 지구를 으스러뜨릴 때까지! 새는 다시 공중으로 떠올라 나뭇가지 위에 내려앉았고, 접힌 부채 같던 꽁지깃을 약간 펼치고서 길이 시작되는 들판 너머를 느긋하게 바라봤다.

아당

아르르당

버들은 창을 열고 앉아 밖을 바라봤다. 음악이 흘러나오는 이어폰을 귀에 끼고서 무릎을 모은 채 소파에 앉아 있었다. 천둥소리는 무서웠지만, 번개의 빛을 보고 싶었다. 유리창에 비친 번개 빛이 마치 호수에 비친 사슴뿔처럼, 끌어안고 죽은 두 사람의 갈비뼈처럼, 나비 날개에 새겨진 오묘한 기하학 선처럼 어딘가 신비롭게 느껴졌다.

창가에 앉아 유리창을 열자 눅눅한 바람이 버들의 얼굴을 덮었다. 길을 오가는 사람은 없었고, 가로수 잎들이 바람에 와삭거렸다. 버들의 귀에선

한 여자의 노래가 이어졌다.

내 느낌 알지? 내 기분이 어떤지, 너는 알지?

그런 후렴이 반복되는 노래였다. 그리고 다시 번개가 찾아왔다. 순식간에 발광했다 사라지는 빛줄기, 번쩍하고 터지며 무색무취의 화학 가스를 분출하는 듯한 폭발, 그리고 이어지는 천둥. 버들은 그 요란한 진동에 피부가 떨리고 가슴이 두근거렸다. 마취시킨 잇몸을 절개하고 치조골에 매복한 어금니를 조각조각 부서뜨리는 것처럼 목과 어깨가 오그라들었다.

문득 코끝에 스치는 풀 비린내, 찢기고 짓이겨진 엽록소의 향.

격렬한 빛과 소리는 연달아 계속됐고, 버들은 최대한 숨을 천천히 내쉬며 창밖을 바라봤다. 무슨 일인지 이어폰의 음악은 끊겼고, 그러자 우레가 더 크게 귀청을 때렸다. 아무 목적도 이루지 못하고 방을 나가는 사람이 문을 세게 닫아버리듯 번개는 부글거리고 안달하면서 하늘의 문을 여닫았다. 물 묻힌 가죽 채찍을 호되게 후려치는 것처럼 누군가의 비명이, 채찍에 살점이 뜯겨 나가는 고통이, 길고 섬뜩하게 울부짖었다.

채찍, 채찍, 그리고 칼자국.

버들은 자기의 손목을 내려다봤다. 과도나 문구용 칼을 쥐고 살갗을 그었던 흔적들이 토막 난 흰 선으로 피부에 남아 있었다. 베이고 피를 흘리지 않으면 그대로 사라져버릴 것 같은 끔찍한 불안, 저릿한 통증을 느끼며 뚝뚝 떨어지는 핏방울을 봐야만 내면의 아픔이 증명될 것 같던 아득한 절망이 생생하게 떠올랐다. 그때 다시 번개가 하늘을 갈랐고, 그전까지 하얗게 갈라지던 빛들이 이번에는 마치 손목에 흐르는 정맥처럼 푸르스름하게 빛났다. 빛은 버들의 눈앞에서 고고히 흐르다가 희롱하듯 녹아 사라졌다. 천둥이 치기까지 이어지는 몇 초간의 고요 — 버들은 그 순간 완전히 번개에 몰입했다. 빛과 소리의 틈 사이로 버들은 자신의 전 존재가 빨려 들어가는 듯했고, 그러자 번개는 창밖의 하늘이 아니라 바로 버들의 몸 안에서 일어나는 전율로 바뀌었다.

내 기분 알지? 넌 내가 어떤 기분인지 알지?

버들의 귀에 멈춰버린 노래가 다시 들려왔다. 그 노래는 번개가 들려주는 목소리였다.

*내가 무슨 말 하는지 알지? 그렇지?*

소리는 삼차원이 아니라 사차원, 아니, 그보다 더 중첩된 차원에서 나오는 것 같았다. 그렇지만 그렇게 설명할 수조차 없는 고차원의 소리는, 무슨 이유에서인지 일상의 대화처럼 명료하고 단순하게 하나의 문장을 반복해 말하고 있었다. 버들은 자신의 목덜미에서 불뚝불뚝 맥박이 뛰는 게 느껴졌고 손바닥은 땀으로 축축해졌다. 혀끝이 두 갈래로 갈라지는 것처럼 쓰리고 아렸다. 그러나 책장을 북 찢어 주머니에 구겨 넣듯 천둥은 버들의 그런 망설임과 의심을 쉽게 찢어버렸다.

*알지 않아? 그렇지?*

왜 이제야 그 기억이 떠올랐을까. 버들은 뒤늦

은 자각과 함께 눈을 깜박였고 반사신경처럼 깊은 숨이 터져 나왔다. 그때까지 버들은 자신이 숨을 멈추고 있었다는 것조차 인지하지 못했다. 다만 어릴 때 봤던 그 번개를 떠올리기까지 이렇게 오래 걸렸다는 것이 의아해 잠시 그대로 눈을 감고 있었다. 그토록 확연한 단서를 보고도 버들은 어린 시절의 기억으로 돌아가지 못한 것이다. 아마도 그건 오랜 불면과 조증으로 버들이 너무 많은 느낌과 이미지를 흡수하고 받아들였기 때문인지도 몰랐다. 그 무수한 감각 더미 안에서 의미 있는 신호를 찾으려면 충격에 충격을 가해 불순물을 거르고 키질해야 했다.

번개와 천둥은 버들을 뒤흔들었다. 일정한 리듬으로, 거꾸로 뒤집고 앞뒤로 헤집으며, 버들이 발견해야 할 메시지가 무엇인지 깨우치게 했다. 버들은 조금씩 머리가 맑아지며 가슴이 차분해졌다. 물방울이 기화하듯 버들 안의 불안과 두려움이 증발해가고 있었다. 그러자 또 한 번, 하늘이 갈라지며 푸른 정맥을 만들었고, 번개는 버들의 귀에 똑같은 말을 들려줬다. 번개가 자신의 기분을, 자신의 혼란을, 자신의 분노와 자신의 비탄을 버들에 게 말하고 있었다.

꿈을 꾸고 있는 걸까. 내가 미친 걸까(하지만 이 미 나는 미쳤잖아. 모두가 나를 미친 여자 보듯이 하니 까). 무슨 계시를 주는 거라면 지금 당장 내리쳐!

그 순간 번개가 가리가리 하늘을 가르며 벌레에 게 갉아 먹힌 나뭇잎 무늬를 만들었다. 버들은 웃 었다. 미친 여자처럼 허공을 보며 웃었다. 번개는 흰빛도 푸른빛도 아닌, 핑크빛 섬광을 내뿜었고, 곧이어 천둥이 울렸다. 버들은 그 소리를 해석할 필요가 없었다. 일부러 애쓰지 않아도 자연스럽게 앎이 찾아왔다. 핑크빛 섬광을 본 순간 그 느낌의 홍수가 버들에게 밀려들었다.

그래, 한때는 바다가 없었지. 한때는 구름도, 산 소도 없었어. 그 한때의 지구, 한때의 태양, 한때의 수소 덩어리와 한때의 반짝임, 한때라는 찰나조차 없었을 때 그때 비로소

버들은 평온했다. 손은 고요하게 허벅지 위에 놓여 있었고, 눈은 일정하게 감았다 뜨며 고르게 숨을 내

쉬었다. 세상은 친밀한 얼굴로 버들의 눈앞에 펼쳐져 있었다. 정교한 신뢰와 단순한 미소로. 버들의 이성은 전에 없이 깨끗하고 질서 정연했다. 사리 분별에 밝은 이성이 아니라 어둠과 미지를 두려움 없이 직시하는 이성. 그렇게 되어버린 것이다. 어떤 논리나 구태의연한 설명도 없이, 그 모든 공포와 혼돈이 한바탕 소동에 불과하다는 걸 깨달았을 때

마침내 창밖으로 우박이 쏟아졌다. 번개가 그치고 하늘에서 흰 얼음덩어리가 떨어졌다. 차고 단단한 우박이 창틀에 떨어지며 부서져 버들의 목덜미로 튀었다. 버들은 우박이 떨어지는 소리에서 뭔가를 발견하려고 귀 기울였으나 그건 그냥 우박이 쏟아지는 소리였다. 버들은 입술을 떨며 뺨을 쓸었다. 울고 싶지 않았지만 눈물이 넘쳐흘러 손등으로 닦아내야 했다. 얼마 뒤에 죄 없는 한 아이가 세상에서 사라질 테니까. 뉴스를 보지 않아도, 신문을 읽지 않아도, 버들은 알 수 있었다. 지금 눈앞에 떨어지는 저 주먹만 한 얼음덩어리가 자동차 지붕을 찌그러뜨리고 나뭇잎을 찢고 수많은 오토바이를 넘어뜨릴 거란 걸. 그리고 다시 번개가 시

작될 것이다. 그 사납고 억센 이빨이 나무를 물어뜯고 인간들이 만든 전봇대의 고압전류를 끊어버릴 것이다.

버들은 창문을 닫고 커튼을 쳤다.

그날 밤, 전신주로 벼락이 내리쳐 한 주택가 일대가 정전됐다. 아파트의 불빛과 상점의 간판들, 길의 가로등이 일제히 꺼졌고, 사람들은 손전등을 움켜쥔 채 손짓과 발짓으로 자신이 선 곳을 더듬거렸다. 그때 집으로 돌아가던 한 아이가 담벼락을 따라 캄캄한 길을 걸어갔다. 아이는 겁먹지 않으려고, 삐뚤빼뚤 걷지 않으려고, 회색 벽돌을 손끝으로 쓸며 갔다. 그리고 눈부신 빛과 함께 쓰러졌다. 번개의 푸른빛이 그 아이를 데려간 것이다.

늦여름 〰️ 그늘을 찾아




도시를 해치우라!

티끌트윙클이 튀어 오른다.

도로를 퍼 올리고 빌딩을 쪼개라!

금개구리 울음 같은 사람들의 비명

(꿰에— 꿰에— 웨에— )

쏟아지는 얼음덩어리에 찢기는 비비추

앞다리를 들고 당당히 번개를 응시하는 왕사마귀

재빨리 숨는 도마뱀의 꼬리 그림자

환한 연두색 바탕에

새빨간 지그재그 무늬를 가진 광대노린재

(그 색의 대비야말로는 우리의 번개!)

바위 모서리에 실을 감는 나비 애벌레

그 애벌레의 체액을 원하는 다리무늬침노린재

그 노린재를 머리부터 집어삼킨 물까치

그 물까치의 피부에 달라붙어 흡혈하는 벼룩

그 벼룩의 똥을 받아먹는 벼룩 애벌레

끝없이 갈라지는 우리의 탈피선—

우주의 한배 새끼들!


그해 여름, 빛과 소리에 시달린 인간들은 집 안으로 숨어들었어. 번개는 신의 분노였다가 자연의 경고였다가 시작과 끝을 알 수 없는 우주의 아득한 잠꼬대처럼 느껴졌지. 번개를 대하는 태도야말로 변덕스러운 인간성 그 자체였어. 번개는 그런 인간의 감정이입 따위에서 간단히 벗어나 그저, 내리쳤지. 모두가 숨을 내쉬는 것처럼, 심장이 뛰는 것처럼, 하늘도 그 자신의 맥박에 따라 호흡할 뿐이었어.

　아당 악한 악당

고전압의 빛과 소리가 지상에 내리꽂힐 때, 버들과 호랑은 마주 앉아 식은 호박죽을 먹었어. 곳곳에서 번개에 관한 뉴스가 끊임없이 흘러나왔고, 두 사람의 휴대전화에는 국가에서 보낸 재난경보 문자들이 쌓여갔지. 호랑은 이상기후를 분석하는 전문가의 설명을 주의 깊게 따라갔어. 그들이 보여주는 기압계와 구름 사진, 응급상황 대처 요령을 집중해 들으며 지금의 혼란이 끝나기를 바랐지. 버들의 생각이 바뀌기를 바랐어. 버들이 자기의 망상을 버리고 저 불에 탄 고목과 그을린 담벼락, 걷잡을 수 없는 공포 속에서도 일터로 나가 제할 일을 하는 사람들을 똑바로 바라보길 원했어. 내 기분 알지? 너는 알지? 벼락이 내리치는 소리에서 그런 말을 듣는다는 건 버들이 앓는 병의 또다른 징후였어. 버들의 신경이 번개와 함께 더 예민해진 거였지. 버들이 사람들에게서 오라를 보는건 괜찮았지만, 천둥에서 종말의 예고를 듣는 건 호랑도 받아들이기 힘든 과대망상이었어. 그렇게 판단하는 게 합리적이었지. 버들은 조증으로 잠을 못 잤고, 끼니도 제대로 못 챙겼으니까. 벌써 몇 년째 봄이 되면 해마다 그런 주기가 반복됐고, 매번 그래왔듯 가을이 되어 찬 바람이 불면 버들의 과

한 호르몬 분비와 파도치는 생체리듬도 나무가 잎을 떨구듯 하나둘 버들에게서 떨어져 나갈 거라고 믿었어. 비록 겨울이 되어 버들이 끝없는 잠에 빠지면 호랑은 혼자 남겨진 기분이 들겠지만, 이제 호랑도 그 계절의 리듬에 익숙해져 있었어. 동지와 하지, 울증과 조증. 그 양극단을 굴러가는 버들의 시간에.

약을 먹고 약을 먹지 않고

어쩌면 몇 년간 이어진 약물 복용이 버들의 신경계에 문제를 일으키는 건지도 몰랐어. 호랑은 노란 호박죽을 숟가락으로 휘젓는 버들을 바라봤어. 네 머릿속에 어떤 목소리가 들어와 너에게 말을 거는 걸까. 네 눈에 어떤 막이 뒤덮여 너의 시야를 가리는 거지? 너의 시간이 과거로 돌아가 지난 일을 꺼내고 흉터를 뜯으며 아파하는 건 괜찮아. 나도 같이 아파하면 되니까. 그건 봄이 오면 반복되는 열병 같은 거니까. 하지만 번개가 친다고 해서 모든 게 끝장날 거라고 믿는 건 다른 문제야.

믿음을 갖고 믿음을 버리고

버들이 어릴 때 겪은 버스 사건을 말했을 때, 말하
며 고통스러워할 때, 이 말은 너한테 처음 하는 거
야, 꺼내면 죽을 것 같아서, 입 밖으로 소리 내면 거
짓말이 될 것 같아서, 이제껏 아무에게도 말한 적
없어, 그렇게 호랑의 시선을 피하며 친구의 뒤축이
구겨진 운동화 얘길 했을 때, 호랑은 놀랐지만, 거
짓말이라고 생각하진 않았어. 환상, 환각, 망상이란
말들로 버들의 경험을 재단하고 싶지 않았고, 버들
이라면 버스에 내려치는 무서운 빛을 보고 앞으로
일어날 일을 미리 알아챌 수 있다고 생각했지. 세상
에는 이따금 믿기 어려운 일이 벌어지니까. 지금 이
렇게 번개가 치는 것처럼. 아무도 저 잦은 번개의
원인을 제대로 설명하지 못하니까. 우린 그저 빛과
소리에 흔들릴 수밖에 없으니까. 인간의 이성으로
분석할 수 없는 초자연적인 일들이 누군가에게 벌
어질 수 있다고 호랑은 생각했어. 그런데 그 누군
가가 너라면, 너의 경험이라면, 너의 확신이라면.

**# 거실. 이른 아침.**

먹다 남은 호박죽이 식탁 위에 놓여 있다. 두 사람은 나란히 앉아 담배를 피운다. 창문은 모두 닫혀 있고, 꽉 막힌 실내에 담배 연기 자욱하다.

**호랑**   나랑 같이 죽을 수 있어?

버들은 대답 없이 담배 연기를 내뿜는다. 호랑을 바라보지도 않는다.

**호랑**   못 죽어? 이제 마음이 변한 거야?
**버들**   안 변했어. 나는 늘 똑같아.
**호랑**   그런데 왜 대답 안 해?
**버들**   죽고 싶어서 물은 거 아니잖아.
**호랑**   어떻게 알아?

그제야 버들이 호랑을 본다. 불안이나 흥분 없이, 원망하는 기색도 없이, 다만 잠을 못 자 피곤하고 지친 얼굴로.

**버들**　나는 언제나 네가 전부야. 네가, 내, 전부야.

**호랑**　그럼 됐네. 내가 전부니까 세상이 망하든 말든 상관없잖아.

**버들**　나는 괜찮아. 난 받아들였어. 근데 넌 어떡해?

**호랑**　내가 왜?

**버들**　넌 무서워하잖아. 죽는 것도 사는 것도. 그래서 나랑 못 헤어지는 거잖아.


호랑이 버들의 시선을 피한다.

밤부터 내려치던 번개가 다음 날 오후까지 이어지던 때

모필자가 말한다.

사람들은 어떻게 이런 일이 벌어질 수 있는지 의아했지만, 의심보다 빠르게 빛이 하늘을 그었고, 인간이 인정하든 말든 그들이 타고 내리는 지하철을 멈춰 세웠다. 그날 저녁 호랑은 오랫동안 길가에 서서 집으로 가는 버스를 기다렸다. 평소 전철을 이용하던 사람들이 도로로 쏟아져 나와 버스로 몰려들었고, 호랑이 타야 하는 버스는 정류장에 서지 않고 지나갔다. 버스에 이미 승객들이 꽉 차 있어 더는 사람들을 태울 수 없었다. 얼마 뒤 같은 번호의 버스가 정류장에 멈춰 섰고, 한 여자가 인파를 비집고 버스 계단에 올라섰다가 사람들에게 떠밀려 밖으로 튕겨 나왔다. 쓰러진 그 여자의 몸을 넘어 또 다른 사람이 버스 안으로 자기 몸을 욱여 넣었다. 호랑은 여자의 비명과 버스 안 승

객들의 고함을 들으며 그 소리가 천둥만큼 소름
끼친다고 생각했다.

다시 한참을 기다린 끝에 버스가 왔다. 호랑은
단단히 마음을 다잡고 이전 사람이 그랬던 것처럼
주춤거리는 사람들을 밀치며 버스에 올랐다. 온몸
이 다른 이의 몸에 짓눌린 채 몇 정거장을 갔고, 다
른 버스로 갈아타기 위해 사람들의 발을 짓이기듯
밟으며 버스에서 내렸다. 얼굴이 넝마가 된 것 같
은 기분으로 길 위에 서서 주머니를 더듬었을 때
호랑은 자신의 휴대전화가 없어졌다는 걸 알았다.
그러자 고개를 가눌 수조차 없는 피로가 몰려들었
다. 어떻게든 다시 버스를 타야 한다는 의지도 휴
대전화와 함께 사라져버렸다. 어서 그 자리를 벗
어나고만 싶었다. 다른 사람을 밟고 밀치고 떠밀
어서 자신의 자리를 차지할 만큼 힘이 남아 있지
않았다.

호랑은 그대로 걷기 시작했다. 집까지 가려면
강을 가로지르는 다리를 건너야 했으나 호랑은 그
런 구체적인 행로까지 생각할 여력이 없었다. 종
일 머리 위에서 울려대던 우레는 잦아들었고, 저

물녘의 햇볕이 길 위에 내리쬐었다. 호랑은 일정한 보폭으로 걸으며 검은 먼지가 자욱한 터널의 좁은 인도를 지났다. 그리고 다리로 이어지는 짧은 건널목까지 갔을 때 길가에 택시 한 대가 멈춰 섰다. 차가 다니는 한복판이라 택시는 오래 멈춰 있지 못하고 다시 움직였다. 그 택시에서 버들이 내렸다.

# 다리 위.

**호랑**  (할 말을 잃고 바라보기만)
**버들**  핸드폰 잃어버렸어?

버들이 호랑에게 다가가 호랑이 짊어진 배낭을 가져다 멘다.

**호랑**  어떻게 온 거야?
**버들**  택시 탔어. 한참 기다려서. 더 빨리 올 수 있었는데 진짜 안 잡히더라.
**호랑**  어떻게 알고? 내가 여기 있는 거 어떻게 알았어?
**버들**  저기 사거리에서 갈아타잖아.

호랑의 가방을 어깨에 멘 버들이 호랑의 손에 든 쇼핑백마저 가져간다.

**호랑**  면접 망쳤어.
**버들**  괜찮아. 고생했어.

버들은 더 덜어줄 짐이 없나 호랑을 살핀다.


**호랑**　버스도 못 탔어.

**버들**　알아.

**호랑**　핸드폰 잃어버렸어.

**버들**　알아. 찾아준대. 퀵으로 보내주기로 했어.

**호랑**　통화했어? 누군데?

**버들**　어떤 아저씨. 자기 집에 가면 퀵으로 보내
준대.


두 사람은 다리 위를 걷는다. 먹색 강물이 깨진
유리 파편처럼 반짝인다. 하루살이가 떼 지어 날
아다닌다.


**호랑**　공짜로?

**버들**　5만 원 달래. 계좌이체 해주기로 했어.

**호랑**　언제 그런 걸 했어?

**버들**　택시 타고 오면서.

문득 호랑은 자신의 짐을 버들이 모두 짊어진
것을 깨닫고 쇼핑백을 빼앗으려 하지만, 버들이
주지 않는다.

　**호랑**　어떻게 알았어. 어떻게 알고…… 어떻게
이렇게……
　**버들**　난 요정이잖아.

두 사람은 걸어서 집까지 갔어. 티끌트윙클이 뛰어 오른다. 요정은 날 수 있지만, 버들은 고소공포증 때문에 높이 날 수 없으니 두 발로 걸어가야 했지. 집에 도착하자마자 호랑은 침대로 쓰러졌고, 버들은 손을 씻고서 호랑의 눈에서 콘택트렌즈를 빼줬어. 한 쪽씩 눈꺼풀을 들어 올려 가볍고 부드럽게. 그다음 호랑의 옷을 벗겨주었고, 클렌징티슈로 손과 얼굴을 닦아줬어. 호랑은 몸을 축 늘어뜨린 채 버들의 손길에 몸을 맡겼지. 언제나 그랬어. 버들은 호랑이 완전히 지쳐 나가떨어질 때면 아무런 설명을 하지 않아도 다가와 돌봐줬어. 울증이 몰려와 잠만 잘 때도, 조증이 몰아쳐 신경이 갈가리 찢겨나갈 때도, 버들은 호랑이 간절히 원할 때면 다가와 짐을 들어주고 길을 찾아주고 같이 걸어주었지. 돌이켜보면 버들이 요정이란 증거는 넘쳐났어. 호랑이 씻으러 들어간 사이 냉장고에 든 스킨과 로션을 꺼내 거울 앞에 놓아줄 때(로

션 요정, 다만 그 로션에는 액젓 냄새가 배어 있었지), 호랑의 등에 난 왕 점, 그 점에 난 털을 뽑아줄 때(족집게 요정), 한밤중 위경련을 일으킨 호랑에게 물을 데워줄 때(온수 요정), 악몽을 꾸며 잠꼬대하는 호랑에게 '꿈이야, 꿈일 뿐이야'라고 말하며 깨워줄 때(알람 요정), 빗방울이 튕겨 오르듯 탄력 있고 물기 어린 목소리로 뜬금없는 질문을 던질 때(호기심 요정). 버들은 요정의 기술로 호랑의 마음을 땅에서 20센티미터 정도 떠오르게 했지.

# 공원. 저물녘.

땅거미가 질 무렵, 버들과 호랑이 커다란 팽나무 앞을 지난다. 그때 공원 가로등이 켜진다. 가로등 주변으로 흰 날개의 나방들이 날아다니고, 버들이 귤색 가로등 빛을 올려다본다.

**버들**  어둠이 내리는 거랑 눈송이가 떨어지는 거랑 뭐가 더 빨라?

# 길. 낮.

장바구니를 든 두 사람이 길을 걷는다. 길가에 흰 점박이 고양이가 느긋하게 뒷다리를 핥고 있다.

**버들**  난 고양이가 정말 좋아.

두 사람이 걸음을 멈추고 고양이를 본다. 가까이 다가가진 않고 보기만 한다.

**버들**  그렇지만 키우진 않을 거야. 우린 그럴 여유가 없으니까. 하지만…… 하지만…… 어미 잃은 새끼가 우리에게 올지도 몰라. 새끼가 우리에게 올 수도 있어. 그렇지?

고양이를 향한 자신의 마음을 단념시키면서도, 비집고 나오는 갈망을 어쩌지 못해 버들은 그렇게 꿈꿨다.

모필자가 말한다.

확실한 욕망과 불확실한 전망, 그 두 개의 양극단이 쉴 새 없이 버들을 밀고 당기며 감정의 파도를 일으켰다. 호랑은 버들이 일으키는 물거품에 휩쓸려 함께 허우적댔지만, 그렇더라도, 그런 너라도, 나는 너의 시선과 뒤척임을 장애란 말로 부르지 않을 거라고, 이름 붙여 손에 쥐기 쉽게 만들지 않을 거라고, 호랑은 생각했다.

호랑은 어둠과 눈송이 중 어떤 게 더 빠른지 몰랐다. 어둠이 내리는 속도와 눈송이가 떨어지는 빠르기를 생각해본 적 없었다. 버들은 호랑의 무관심과 무지에 작은 등잔불 하나를 비춰주었고, 이 세상이 무수한 물음표와 언제든 더 좋은 것으로 채울 수 있는 빈칸으로 되어 있다는 것을 가르

쳐주었다. 함께 걸을 때면 버들은 담벼락 아래 핀
작은 꽃과 열매를 찾아내 호랑의 코를 벌름거리게
했고, 요리할 때면 칼로 썬 파의 단면에서 하트 모
양을 찾아 버들의 입꼬리를 웃는 모양으로 만들어
줬다.

　약을 먹고 약을 먹지 않고

　너의 슬픔을 끄면 너의 그 밝은 눈도 같이 사라
지니까.

　믿음을 갖고 믿음을 버리고

　호랑은 버들이 들었다는 번개의 목소리를 생각
했다. 그렇게 외로웠을까. 잠깐 번쩍였다 사라지
는 번개에 마음을 줄 만큼? 그 무서운 꽝음에 네
마음을 비춰볼 만큼, 그만큼, 너는 혼자였을까.

　여전히 번개가 내리치던 어느 밤, 침대에 누운
호랑이 버들의 허벅지를 끌어안았다. 버들은 호
랑의 옷 속에 손을 넣어 등을 만졌고, 호랑은 버들
의 아랫배에 뺨을 문질렀다. 두 사람의 팔과 다리
가 등나무의 줄기처럼 엇갈려 있을 때, 불현듯 버
들이 고개를 들어 창가를 봤다. 기척을 느끼고 귀
끝을 움찔하는 개나 고양이처럼. 잠시 뒤 창밖에

서 빛이 번쩍했다. 버들은 번개가 치기도 전에 번개의 기미를 알아차린 것이다. 고양이를 어루만질 때 야옹 하고 고양이가 울기 전 그르릉 하는 배 속의 울림을 먼저 느끼듯이.

저 얼굴이 그 얼굴일까.

호랑이 버들을 바라봤다.

그래, 이제 나도 괜찮아. 죽음이든 삶이든. 그러니 나에게 무너져 내려.

## 가을 초입 〰 당분을 모아

빛나는 남청색 큐티클, 매끄러운 등을 가진 오리
나무잎벌레가 잠을 자기 위해 땅속으로 들어갔어.
티끌트윙클이 튀어 오른다. 오리나무잎벌레는 지
금부터 이듬해 봄까지 신나게 갉아 먹던 물오리
나무의 잎살을 되새기며 땅 밑에서 고요히 휴식
할 거야. 석탄처럼 까만 큰광대노린재의 애벌레
들, 그들도 한창 열매가 여무는 층층나무 잎 뒤에
모여 잠자지. 소나무, 잣나무, 전나무의 바늘잎 세
자매는 영양분을 모아 겨울눈을 만들고, 졸참나무
가지에선 도토리거위벌레가 소중한 주둥이 톱을
앞발로 쓱쓱 문지르고 있어. 넌 알지? 그렇지? 연

둣빛 날개의 베짱이가 프잇프잇프잇 여리게 울고, 긴꼬리쌕쌔기는 츠으츠으츠으 중간 세기로 시작하면, 츠토로로로로로로로 철써기가 빠르게 리듬을 몰아가는데, 그건 마치 인간들이 맥주나 와인에 취해 기타— 베이스— 드럼— 이렇게 시간을 두고 한 사람씩 밴드의 멤버를 소개하는 것과 같지. 하나의 연주에 또 하나의 연주가 쌓여 계절의 겹을 이루지. 나는 그 소리로 기록한 두 여자의 이야기를 듣고 있어.

「계속 생각나는 노래 있잖아. 문득 떠올라 계속 맴도는 노래. 그런데 마침 라디오에서 그 음악이 들릴 때.」버들이 호랑에게 말했어. 번개와 천둥에서 느낀 자신의 예감을 설명하려고 노력했지. 어떻게 알았는지, 무엇을 보았는지, 하나하나 알맞은 단어를 골라 담요처럼 펼칠 순 없었지만, 눈동자와 귓속을 잡아당기는 감각을 머릿속 개념으로 붙잡아 단어로 발음할 수 없었지만, 그건 마치 혀끝의 멜로디가 라디오의 전파를 타고 흘러나오는 것 같다고, 그렇게 느낌에서 느낌으로 선명해지는 거라

고, 어쩌면 세상은 그리 복잡하지 않은 그 느낌의
덩어리일지도 모르는데, 하나의 그림으로 이어진
선과 형태를 우리는 퍼즐 조각처럼 자르고 뒤섞
어 전체를 보지 못하는 거라고 버들이 말했어. 「어
제는 문득 등대지기 노래가 떠올랐는데, 오늘 컴
퓨터 화면에 등대가 나왔어. 랜덤으로 풍경 사진
이 나오는 거.」 버들은 노래와 이미지로, 자신에게
찾아온 느낌을 설명하려고 노력했어. 「그건 쉬운
거잖아. 공장에 불이 나서 사람들이 죽는 거랑은
다르잖아.」 호랑이 말했어. 「그것도 쉬운 거야. 우
리에겐 어렵지만. 번개한텐 단순한 거야.」 그렇게
말하며 버들이 창가를 봤어. 잠시 번개가 잦아들
었지만, 다시 시작하리라는 걸 알았지. 벼락이 치
고 그 낙뢰에 건물의 첨탑이 불타고 도로에 우박
이 쏟아져 다중 추돌사고가 일어나고…… 그런 작
은 파괴를 지나 더 끔찍한 재앙이 찾아올 거라는
걸 버들은 알았지. 번개가 잡아당기는 끈이 어떤
짐승의 우리를 풀어헤칠지, 저 타들어가는 불꽃이
어떤 폭탄의 심지로 이어질지, 버들은 예감할 수
있었어.

두 사람은 티브이 화면으로 검은 연기에 휩싸인 주택가 모습을 보고 있다.

모필자가 말한다.

여전히 호랑은 버들의 말을 믿기 힘들다. 현실의 사건보다 먼저 찾아와 알게 되는 예감, 그 시간의 격차와 간격을, 이제껏 호랑이 알고 배워온 이치로 해석할 수 없다. 그건 마치 오래전 어떤 선사가 개미들이 떼로 죽어 있는 걸 보고 다가올 전쟁을 예언했다는 말과 비슷한 논리였다. 작디작은 개미들의 죽음과 인간들의 싸움이 무슨 연관이 있을까. 그런 헛말과 근거 없는 광신이 오히려 불안을 조장해 세상을 더 혼란에 빠뜨리는 게 아닌가. 왜 그런 예언들은 하나같이 모호한 비유와 상징으로 되어 있는 건가. 자기 예언이 틀렸을 경우 비난을 피해 가거나 변명하기 좋도록 언어의 술수를 부리는 게 아닌가.

하지만 버들이 대체 왜? 무슨 이유로, 어떤 이

익을 보자고 나에게 그런 말을 할까. 자기의 예감에 가장 고통받고 있는 사람은 바로 버들 자신일 텐데.

호랑은 버들의 말이 미심쩍고 그 논리의 비약을 쉽게 수긍할 수 없었지만, 자신은 알지 못하는 미지의 영역에서 온 어떤 신호를 버들이 느꼈다는 걸 의심하지는 않았다. 버들은 저 화재도 예견했으니가. 호랑의 품에 안겨 두 사람만 들을 수 있는 목소리로 떨며 말했으니까(작은 공장 같아, 재봉틀 소리 같은 게 들려. 박스들이 쌓여 있고, 밖은 캄캄한데, 밖은 아주 캄캄한데, 안에는 형광등이 켜져 있어. 그 형광등 안에 하루살이들이 가득해). 버들은 까맣게 죽은 날벌레들이 코앞에 있는 것처럼 자세히 보인다고 했다. 망원경으로 보는 것처럼 크고 자세히. 하지만 눈에 드리운 또 다른 렌즈는 이상하게 왜곡되어 있어서, 마치 잠자리의 눈으로 보는 것처럼 소실점이 뒤엉키고 형상이 기묘하게 겹쳐 보인다고 했다. 한쪽 눈은 물 위를 보고 또 다른 눈은 수면 아래 포식자를 살피는 어떤 곤충의 눈처럼, 그렇게 한 번도 경험하지 못한 시야가 눈앞에 펼쳐져 있다고 버들은 말했다. 버들은 자기가 무엇을 보는지 자신도 다 이해하지 못하는 듯했다.

호랑은 되도록 차분한 태도로 안과에 가보자고 했지만 속으로는 눈의 문제가 아닐지 모른다고 생각했다. 본다는 건 눈이 아니라 뇌의 일이니까. 알지 못하는 건 보고도 인지할 수 없는 법이니까. 버들은 자신이 보는 게 무엇인지 몰랐고, 그렇기에 그 시야 속 정보를 다 해석하지 못하는 것 같았다. 호랑은 버들을 끌어안았다. 눈 감아. 차라리 눈을 감아. 버들은 호랑에게 안겨 자신의 눈두덩이를 손으로 누른 채 중얼거렸다(밖은 캄캄한데, 밖은 아주 캄캄한데, 그게 연기 같아. 연기로 뒤덮인 것 같아).

그리고 얼마 뒤 산비탈을 깎아 만든 한 동네에서 불이 났다. 처음 낙뢰가 떨어진 곳은 소규모 직기 공장이었고, 지붕이 낮은 건물과 그 안의 섬유 원자재들이 전소되었다. 불길은 건조한 바람을 타고 주변의 집과 길들로 번져갔다. 좁은 오르막길을 따라 다닥다닥 붙어 있는 오래된 건물들이 순식간에 타올랐고, 근방의 하늘은 독한 일산화탄소 연기로 뒤덮였다. 밤새 사이렌 소리가 어지럽게 울렸다.

처음 번개가 한 아이를 데려갔을 때 버들은 먼저 그 장면을 보고 눈물을 흘렸고, 어느 공원의 느티나무가 벼락에 맞아 쓰러졌을 때, 버들은 그 나무와 함께 쓰러진 노인의 공포와 절망을 먼저 느끼며 자신을 탓했다. 지하철이 멈추고, 건물이 불탈 걸 알면서도 버들은 아무것도 할 수 없었다. 자신이 미친 사람이어서, 미친 사람의 말을 사람들이 믿지 못할까봐 망설인 게 아니라, 그 미친 사람이 본 장면이 또렷하지 않아서, 어느 곳, 어떤 아이, 어떤 나무, 어떤 라인의 지하철이 멈추고, 언제 어느 곳에서 화재가 일어날지 정확히 알지 못했기 때문이었다. 단지 입안에 맴도는 음악처럼, 픽셀로 만들어진 컴퓨터 속 사진처럼, 햇볕에 빛나는 친구의 운동화처럼, 다른 사람은 연결할 수 없는 사물과 사물 사이의 간격을 버들의 내면에서 튀어나온 손가락이 공간과 시간을 가로질러 줄을 긋고 모양을 만들었을 뿐, 버들은 비약과 우연으로 이뤄진 느낌을 느낌 밖으로 꺼내 설명할 수 없었다. 물속의 송어를 물 밖에서 헤엄치게 할 수 없듯이.

# 집. 거실.

두 사람은 음소거한 티브이의 뉴스를 말없이 바라본다. 화면에는 붉은 바탕에 흰색 글씨로 사망자 숫자가 나온다. 무언가를 골똘히 생각하던 호랑이 일어나 집 안을 둘러본다. 머리카락을 쓸어 넘기고, 옷장 문을 열었다 닫고, 버들의 손을 붙잡는다.

**호랑**  가자.

**버들**  어디로?

**호랑**  폭발이 난다며. 또 날 거라며. 안전한 데가 있을 거야.

호랑이 대답을 바라는 표정으로 버들을 본다. 있지? 안전한 데가 있지? 그렇게 묻듯이.

**버들**  어딘가에 있겠지.

**호랑**  거기로 가자.

호랑이 다시 주변을 둘러본다. 챙겨 가야 할 것

을 떠올리며 물건들을 조금씩 건드린다. 서랍을
열었다가 닫는다.


**호랑**  돈을 달러로 바꿀까? 금이 나을까? 우리
금목걸이 어디에 뒀지?

**버들**  좀 더 생각해봐.

**호랑**  뭘 생각해? 어디로 갈지? 뭐가 얼마큼 보
이는 거야.

**버들**  우리가 간 다음, 그다음을 생각해봐.


호랑은 옷장을 열어 큰 가방을 꺼낸다. 옷들과
속옷을 넣었다가 도로 모조리 뺀다. 콘센트에서
휴대전화 충전기를 뽑아 가방에 넣는다. 냉장고에
서 버터와 물병을 꺼내 넣는다. 뺀다. 다시 넣는다.


**버들**  처음엔 우연인 줄 알았어. 어린애, 할머
니, 오래되고 낡은 집…… 근데 아니야. 내가 한 말
기억나? 내 친구, 계곡으로 캠핑 갔던 애. 그 애는
거기에서 제일 작은 애였어. 승객 중에 제일 어린
애였다고.

여행 가방을 든 호랑이 거실로 나온다. 버들을 지나쳐 식탁에 놓인 영양제를 가방에 넣는다.


**버들**  번개는 그런 거야. 내가 본 건 그런 거라고.

**호랑**  현금이 좋겠지? 은행부터 가자.

**버들**  우리만 떠날 수 있어? 다른 데로 가서, 우리가 살고, 그다음은?

**호랑**  난 너만 있으면 돼.

**버들**  나도 그래.

**호랑**  살아남는 게 우선이야. 이건 비상사태야. 전쟁 난 거라고.


그 말을 하고서 호랑이 가방의 지퍼를 잠근다. 가방 입구가 오므려지지 않자 화풀이하듯 가방을 내던진다. 그러고는 버들 앞에 털썩 앉는다.


**호랑**  데려가. 그럼 다 데리고 가.


호랑이 버들의 휴대전화를 손에 쥐고 본다. 스

크롤을 내려 주소록을 보다가 이내 눈을 감고 입
술을 감쳐문다. 머릿속이 뒤엉키고 가슴이 짓눌리
는 표정이다.

**버들**  말해도 안 믿을 거야.

**호랑**  난 믿었잖아. 다른 사람도 믿을 거야. 또
보이는 거 없어? 작은 거 하나라도 미리 말해주자.
최대한 자세히 묘사해봐.

**버들**  (침묵)

**호랑**  아니면, 같이 여행 가자고 하자. 일단 피
해 있게 하고…… 우선 어디로 갈지부터 정한 다
음……

**버들**  얼마나? 하루? 일주일? 한 달?

감정을 삭이듯 호랑이 눈을 감았다 뜬다.

**호랑**  다른 사람이 그렇게 중요해?

**버들**  안 중요해. 그래도 그 사람들이 없으
면…… 상상해봐.

몇 초의 시간이 흐른 뒤 호랑이 휴대전화를 바닥에 탁 내려놓는다.

**호랑**　상상했어. 난 괜찮아. 난 너만 있으면 괜찮을 것 같아.

**버들**　난 아냐.

그 말에 호랑이 버들을 뚫어져라 본다. 입술을 깨문다. 욕을 내뱉고 싶은 얼굴이다. 팔다리에 힘이 빠지고 귓속에 짧은 이명이 울린다. 버들은 고요하다. 네 심정은 이해하지만, 나도 그랬지만, 너의 선택은 용납해줄 수 없다는 표정이다.

세상 사람들 누가 죽든 그게 뭐가 대단하다고. 티끌트윙클이 튀어 오른다. 호랑은 버들이 자신을 사랑하지 않는다고 생각했어. 나는 이렇게 널 살려야겠다는 생각만 가득한데, 너는, 너는 내가 죽어도 상관없다는 거야? 우습게도 그 순간 호랑은 사랑의 크기를 깨달았지. 그동안 호랑은 자신이 버들을 사랑하는 것보다 버들이 자신에게 주는 마음이 더 크다고 생각했어. 네가 더 많이 날 사랑하니까, 못 견디게 아플 때마저 너는 나를 완전히 잊거나 내버려 두지는 않으니까. 그러니까 호랑은 싸울 때나 갈등할 땐 자신이 먼저 물러서야 한다고 생각했어. 호랑은 버들이 주는 애정의 크기가 자신의 것보다 크다고 여기며 자기의 욕심과 의지를 내려놓고 버들의 뜻을 받아들였지. 그런데 아니었어. 버들의 부등호는 호랑을 넘어 다른 곳을 향해 있었어. 버들은 한 사람의 사랑만으론 살 수 없었어. 다른 사람들을 모두 잃고서는 슬퍼서 살아갈 수 없었어. 그런 세상에선 더 살고 싶지 않았어. 같이 말하고, 함께 웃고, 마음을 나눴던 이들이 사라진 곳에서, 그 폐허에서, 버들은 살아갈 수 없었어. 버들의 사랑은 호랑이라는 한 사람을 넘어 세상으로 흐르고 있었어.

요정이구나.

호랑이 헛웃음을 지으며 양손으로 얼굴을 감쌌어. 뭐라고 설득해야 할지 몰라 눈앞이 막막했지. 호랑에겐 버들의 마음을 돌릴 근거나 당위가 남아 있지 않았어. 버들이 자신에게 어떤 사랑을 주든, 그 마음의 크기가 어떻든, 지는 사람은 언제나 자신이어야 했으니까. 그래야 버들이 조금이라도 덜 아플 테니까. 세상을 사랑하는 너는 언제나 세상에 지게 되어 있고, 널 사랑하는 나는 그렇게 세상에 두들겨 맞고 돌아온 너를 또다시 아프게 할 수 없으니까. 그게 내가 아는 사랑, 너에게 배운 사랑의 방법이니까.

잠시,

모필자가 말한다.

고개를 들고 이 기록에서 전해져 오는 진동을
느낀다. 박새가 꽃잎을 먹다 향기에 놀라 먼 하늘
가를 바라보듯이. 두 여자의 기록에서 배어 나오
는 느낌에 필자의 촉각 돌기들이 경련한다. 배우
가 대본을 보는 것처럼, 대본 속 활자들이 표정이
되고 감정이 되어 또 하나의 현실로 머릿속에서
출렁이는 것처럼, 필자 역시 버들과 호랑의 기록
을 되울림하는 동안 그들이 느낀 정서와 감각들이
필자 안에서 하나의 가상 무대를 만든다. 이게 바
로 인간들이 말하는 생각의 힘이자 함정일까? 인
간들이 소설을 읽고 영화를 보는 것처럼? 그래서
인간은 한 번도 경험해보지 않은 죽음을 그토록
머릿속으로 연기하며 두려워하는 것일까? 사랑,
그것에 관해 말할 수 있을까? 사랑하기 위해 흡혈
하고, 흡혈한다는 이유로 무수하게 짓눌려야 했던
모기의 후손인 필자가? 환각 꿀을 마신 달팽이조
차, 위스키에 취한 누 선생조차 제대로 해석해낼
수 없는 그 혼란스러운 감정의 부산물을? 그렇게

흔하고 더럽혀진 인간의 언어를?

　가을밤, 노란허리잠자리 한 마리가 알을 낳았다. 반짝이는 빛 위에 정지 비행을 한 채 알로 부풀어 오른 꼬리를 탁탁 내리치며 산란했다. 모든 게 헛수고로 돌아간 것이다. 그 아스팔트는 연못이 아니었다. 검은 길을 비추는 가로등 빛을 수면에 비친 달빛으로 착각해 바보처럼 군 것이다.

　사랑에 관해 필자가 말할 수 있는 건 그것뿐이다.

## 그들의 한살이

공기는 찬 여울처럼 흐르고, 티끌트윙클이 튀어
오른다. 귀퉁이가 이지러진 저 달은 동고비가 반
쯤 쪼아 먹은 살구 같아. 억새밭의 개개비사촌은
남풍을 따라 날개를 펼치고, 땅속의 들쥐와 황금
두더지는 더 깊은 어둠으로 머리를 들이밀지. 지
상에선 날마다 사과가 더 달콤해지고, 계절풍은
바다로 바다로 바람을 몰아가는 그런 가을밤. 그
래, 인간이란 그믐달에 굳어져 보름달에 녹아버리
는 한낱 진흙 덩어리야. 엄마! 하고 울다가 무서워,
라고 흐느끼는 달빛 아래 밀물과 썰물이지.

그렇기에, 모필자가 말한다.

필자는 버들과 호랑의 선택을 이해할 수 없다. 저들은 이름을 가진 열등한 존재 아니던가? 단어에 매달리고, 거울을 들여다보며 거울처럼 서로를 비춰주는 달콤한 속삭임 없이는 삶의 이유를 찾을 수 없는 연약한 두발이엄지 아니었나. 그런데 왜 그런 선택을 한 것일까. 정자를 건네주고 암컷의 먹이가 되는 수컷 사마귀처럼 번식을 위한 전략일까? 그러나 버들과 호랑은 그 어떤 생식세포도 서로에게 건네지 않았다. 그렇다면 이 역시 인간 특유의 어리석음인가? 인간이 모르고서 저지르는 수많은 잘못 중 하나? 버들과 호랑은 왜 더 살기를 선택하지 않은 것인가. 도망쳐서 숨고, 싸워서 승리해 생존자 중 하나가 되는 게 인간다운 선택일 텐데. 애초에 그들이 번식 경쟁에서 이탈한 패배자라서 그러한 것인가. 그렇다면 비생식이란 패배의 징후인가? 어째서 두 여자는 모든 의지에서 물러나 재앙의 순간을 기다리는 것인가. 저토록 편안한 얼굴로.

# 침대. 밤.

창밖으로 빗소리 들린다. 버들이 호랑의 배를 베고 누워 호랑의 다리를 쓰다듬는다. 신선한 피를 가득 빨아 마신 진드기의 배처럼, 투명하게 발그레해진 버들의 뺨.

**버들**  너의 20대를 내가 알아.

껍질을 벗겨낸 복숭아처럼, 물컹거리는 목소리로.

**버들**  내 30대를 아는 사람은 너지.

역시나 뿌듯한 표정으로. 자부심에 부풀어.

**버들**  나는 늘 빈티지가 좋았는데, 이젠 내가 빈티지가 됐어.

호랑이 웃는다. 두 여자가 웃자 낡은 침대가 삐걱거린다.

**버들**   내가 널 얼마나 사랑하는지 알아?

**호랑**   알아.

(과거 회상/플라타너스가 줄지어 선 거리/

버들의 목소리)

내가 널 얼마나 좋아하는지 알아?

깊은 물 속을 보는 게아재비의 시선처럼, 버들을 바라보는 호랑의 눈길은 편안했어. 티끌트윙클이 튀어 오른다. 버들이 다시 물었지.

「어떻게? 어떻게 알아?」

호랑은 생각했어. 안다는 걸 어떻게 설명할 수 있을까. 어떻게 우리가 지나온 시간을 언어로 붙잡아 입 밖으로 소리 낼 수 있을까. 나열할 수 있을까. 서랍 속 양말이나 속옷을 꺼내 늘어놓듯이, 우리의 순간을 만질 수 있고 입을 수 있는 섬유질처럼 길게 펼쳐놓고서 다시금 마름질하고 재봉해 하나의 사물로 바꿔놓을 수 있을까? 어떤 순간을 자르고, 어떤 단어의 실로 박음질해야 할까. 바로 지금, 우리가 서로를 바라보며 말하는 이 순간(알아? 알아), 내 눈에 비친 너의 눈동자와 반짝이는 입술, 내 손을 잡은 너의 손, 내 발등에 포개어진 너의 발바닥, 내가 숨 쉬면 같이 오르락내리락하는 너의 팔, 그 살의 무게와 온기와 촉감이 누군가의 발을 감싸고 엉덩이를 덮는 안감이 될 수 있지 않을까. 그 살의 부피와 곡선의 흐름을, 지금 내가 너에게 느끼는 이 신뢰와 안정감을, 씨줄과 날줄로 엮어 형태와 색을 가진 하나의 물질로 만들 수 있을까. 죽음이 온다는 것, 또다시 건물과 길이 불타오르고 흩날려 재가 될 거란 걸, 알아, 나는 알지. 네가 알기에 나도 그 앎에 기대어볼 수 있고, 믿을 수 있어. 내가 지금 이렇게 너를 만지고 있다는 것, 우리가 닿아 있는 순간이 내 믿음의 증거니까. 우리가 닿고 있지 않을 때도, 네가 나와 닿고 싶어 한다는 걸 알아. 알기에, 나는 볼 수 없고 만질 수 없을 때도 너와 닿아 있는 느낌을 내 안에서 되살려낼 수 있어. 너의 조증과 울증을, 너의 잠과 잠들지 못함을, 너의 슬픔과 적막, 이어지는 비명을. 나는 이제 겁내지 않아. 다른 사람의 시선으로 널 보지 않을 테니까. 지금 내 눈으로, 날 보고 있는 너라는 존재를 생생하게 느끼고 있으니까. 내 종아리에 닿은 너의 종아리, 내 등을 만지는 너의 손. 끝이 오든 오지 않든, 우리가 죽든 다른 사람들이 그러하든, 네가 잠들어 있을 때도 잠들지 못할 때도, 잠에 빠져 있을 때 너는 바닷속 거대한 듀공이고 나른한 고양이지. 나는 언제나 그 고양이가 긴장을 풀고 쉬고 있는 모습을 좋아해. 걱정하지 않아. 안달하며 깨우거나 억지로 재우지 않을 거야. 네가 봄 한철의 나비처럼 이 꽃 저 꽃을 누비며 얇고 찢기기 쉬운 너의 날개를 파닥거려도, 설령 네가 그 꽃밭에서 누군가에게 붙잡혀 채집통에 갇힌대도, 나는 쇠꼬리처럼 그 통을 후려쳐 너를 구할 거야. 너의 가슴과 날개에 꽂힌 바늘들을 뽑아 내던질 거야. 네가 다시 꽃 사이를 누비며 팔랑거릴 수 있게. 왜냐하면 너는 단지 꽃들을 연결해주고 싶었던 거니까. 너에게만 보이는 마음의 방, 그 꿀의 길, 비록 나는 볼 수 없고 들을 수 없지만, 네가 보고 듣는 요정의 느낌을 나는 사랑하니까. 네가 나를 열고 나에게 너를 비벼 날개를 갖게 해줬으니까. 나는 너의 생각과 너의 느낌과 너의 불안과 너의 환희로 흐르면서 나라는 틀 밖으로 나갈 수 있었으니까.

# 같은 방. 같은 시간.

빗소리 커졌다. 이번엔 호랑이 버들의 허벅지를 베고 누워 있다. 호랑의 머리가 버들의 가랑이 사이에 거의 끼어 있는 것처럼 두 사람이 바짝 붙어 있다.


**호랑**   만약 천국이란 게 있다면 말이야. 천국은…… 영원히 이어지는 건데, 그렇게 영원히 이어지는 세상이 있다면…… 나랑 같이 갈 수 있어?

**버들**   천국이 아니어도 갈래. 너랑.

**호랑**   영원이야. 영원히 이어지는 거야. 그래도 나랑 갈래?


버들이 눈을 깜박인다. 영원. 영원에 관해 생각한다. 입술을 단정하게 다문 채 시선을 옮긴다. (카메라, 버들의 시점) 옷걸이에 걸린 그들의 옷과 그 옷의 주름들. 붉은 암막 커튼의 구김살, 벽 모서리에 처진 방사형 은실, 그 줄 아래 거미가 먹다 흘린 작디작은 각피의 흔적들.

버들은 숨을 크게 들이마신다. 공기에 떠도는

그들의 체취를 맡듯이.

**버들**  갈래. 왜인 줄 알아?

**호랑**  왜?

**버들**  영원은 아주 짧을 것 같아. 우리가 잘못
아는 거야.

**호랑**  짧다고? 영원이?

**버들**  짧아. 순간이야. 내가 꿈꿀 때, 어떤 꿈은
너무 재밌어서 난 계속 꿈만 꾸고 싶었거든? 꿈이
이어지게 꿈속에서 엄청 노력했어. 그렇게 하면서
내가 깨달은 게 뭔 줄 알아?

그게 버들의 방식이었어. 티끌트윙클이 튀어 오른
다. 자신이 하는 말을 잘 따라오고 있는지, 귀 기울
여 듣고 있는지, 달려가는 아이가 한 번씩 돌아보
며 자신을 지켜보는 사람에게 손을 흔들듯, 말의
길목에서 돌아보며 '뭔 줄 알아? 왜인 줄 알아?' 그
렇게 묻는 거지. 모든 것이 충분했어. 호랑은 영원
이 왜 짧은지 듣지 않아도 되었지. 묻고 답을 기다
리는 사이, 그 비어 있는 여백으로 날숨과 들숨이

오가고 버들의 눈꺼풀이 깜박이고 호랑의 발등이 버들의 살을 스쳤어. 버들의 시선은 흐릿했고, 흐릿하면서도 섬세했고, 목소리는 가늘게 떨리면서도 호랑의 팔을 붙잡은 손은 강력했지. 모든 것이 그대로 충분했어.

살, 그게 뭘까? 모필자가 말한다.

바람일까? 잎사귀일까? 인간의 입술, 거기서 흘러나오는 언어는 왜 끝없이 생각을 쌓고 관념을 만들어 인간이 고개를 떨구고 자기의 그림자만 보게 만드는 걸까.

살

　　　　말

　　　　　　입술

　　　　　　　　　그런 것들은 각피도 없이 맨몸으로 바람을 맞고, 쉽게 부르트고, 따듯한 피를 흡입하는 암모기의 배처럼 아슬아슬하게 부푼다.

인간이 그들이 만든 기계의 전원을 끄듯 자신들의 생각을 끌 수 있다면. 생각을 멈추고 그 껍질에서 탈피해 허물을 벗을 수 있다면. 우리가 가느다란 잎줄기 끝에 서서 아래로 추락했듯이. 떨어지고 또 떨어져 우리 안의 세포막에서 날개를 싹틔웠듯이.

우리가 지구의 생명체 중 최초로 날개를 만들어냈을 때, 그땐 익룡도 없고 새도 없던 시절이어서 우리는 따라 할 선생이나 보고 배울 교과서도 없이 우리 안의 무모함을 따라 아래로 뛰어내렸다. 떨어지기 위해 더 높은 곳으로 기어올랐다. 인간들은 최초로 날개를 만든 존재와 그 과정을 추측하며 이렇게 묻는다. 만약 높은 데서 뛰어내리고 또 뛰어내리다 우연히 어느 순간 날개 비슷한 게 생겼다면, 왜 그들은 그 높이까지 올라갔을까? 먹이를 찾기 위해? 천적을 피하려고? 무엇이 그들이 그런 위험을 무릅쓰게 했을까?

아니, 질문은 더 높고 더 맹목적인 힘으로 향해야 한다. 태양은 왜 매일 떠올랐다 가라앉을까? 바닷물은 왜 매번 달에게 끌려갔다 되돌아오지? 암석은 왜 그대로 멈춰 있지 않고 돌과 자갈로, 모래와 흙으로 끝없이 자기를 기꺼이 부서뜨리는 걸까?

우리는 우리가 오를 수 있는 곳까지 올라갔고 거기에서 내려오는 다른 방법을 찾았다. 산산이 부서지고 곤죽처럼 으깨졌다. 그러니 날개는 우리가 곤두박질친 기억인 동시에 높이 올라 터지고 싶은 열망이다. 끝내주는 교미의 순간, 기쁨에 겨운 수컷 거미의 생식기가 펑 하고 터지듯이. 수벌들의 잘려 나간 생식기를 여왕벌이 꽃다발처럼 엉덩이에 꽂고 날 듯이. (두발이엄지들에게도 그런 가시다발이 있을까?)

인간이 열반이라 부르는 깨달음, 그건 바로 우리의 날개돋이를 말하는 것이다. 인도보리수 아래에서 처음으로 해탈한 사람, 그는 먹지도 않고 자지도 않은 채 삶이란 무엇인지 간절히 답을 구했다. 그래서 우리는 그의 야윈 허벅지를 꽉 깨물어 깨달음을 주었다. 그때 막 인도대벌레는 69일간의 긴 교미를 끝내며 서로의 몸에서 생식기를 뽑아냈고, 나무 아래에서 꾸벅꾸벅 졸던 그 남자는 살갗을 긁으며 새벽하늘을 바라봤다. 벌레 물린 다리, 찟찟피피 우는 새, 유리잔이 돌바닥에 떨어져 깨지는 소리를 내며 별들이 어둠을 돌파하고,

가벼움을 향한 갈망으로 머리가 무거워진 그는 별이 내는 소리를 들었다. 솟아오르기 위해 삐걱거리는 진동을 느꼈다. 그리고 그의 말라빠진 궁둥이 옆으로 푸른베짜기개미들이 수천 개의 얇은 다리로 마른 잎을 두들기며 소리쳤다. '먹어라. 등을 대고 누워 편히 자라. 얼굴을 찌푸리며 마구 웃어라. 그다음 우리에게 먹혀라!'

그는 코를 벌름거리며 흙의 방선균 냄새를 맡았고, 비로소 자각하고 탈피했다. 진리란 다름 아닌 저 썩어가는 흙더미라는 걸. 죽음이 사라지면 삶도 같이 부서져 흩어진다는 걸.

누구든 답을 찾고 싶은 절실함으로 지극하게 아파하면 우리는 그 주위를 알짱거리며 그의 밥이 되어주었다. 아랍의 어느 장사꾼이 괴이한 악몽을 꾼 뒤 홀로 사막 동굴에 들어가 목숨을 끊으려 할 때, 우리는 그의 앞에 한 마리 메뚜기가 되어 그의 손에 잡아먹혔다. 그리고 그의 입술에선 신의 고단백질 노래가 흘러나왔고, 사람들은 그 노래를 신의 계시로 여기며 따라 암송했다.

또 우리는 잠든 한 사람의 꿈에 들어가 나비가

되는 꿈을 만들어주었고, 또 우리는 골고다 언덕의 한 남자가 나무의 수평과 수직의 교차점에서 피 흘리며 '나의 하나님, 나의 하나님, 어찌하여 나를 버리시나이까'라고 한숨 지을 때, 그의 비탄에 젖은 귓가에 앞날개를 문지르며 '다 이루셨나이다'라고 속삭여주었다.

그렇게 우리는 한 사람 한 사람, 우리보다 크고 우리보다 뇌가 무겁고 우리보다 우주와 심해에 관해 궁금해하며 우리처럼 끈질기고 우리만큼 탈피를 원하는(그러나 여전히 자신의 탈바꿈을 의심하는) 그 한 사람의 가장 연약한 속까지 파고들었다. 결국 지구란 한 존재가 다른 한 존재를 바라보는 마음, 그 눈동자이니까.

느끼려고 한다면 누구나 알아차릴 수 있을 것이다. 발밑에서 구석에서 나뭇잎에서 인간들의 따뜻한 살 위에서, 끝도 없이 감작이는 우리의 리듬을. 먼지처럼 부유하는 작은 몸, 물처럼 스미고 빛처럼 굴절하는 우리의 삶을.

# 참나무. 밤거리.

컴컴한 길 위에 선 참나무. 거센 빗소리 들린다.
나무의 수피 클로즈업. 그 뒤로 빛이 번쩍번쩍한
다. 풍뎅이 한 마리 기어간다.

(소리/누 선생)
두루마리구름의 전자 폭풍이
지구에 대불꽃 바람을 일으켰을 때
참나무 진을 빨아 먹던 외뿔장수풍뎅이가
그 재앙의 순간을 기록했다.


천둥이 울린다. 풍뎅이의 딱지날개가 두 갈래로
갈라지고 그 안에서 투명한 속 날개가 놀랍도록
빠르게 요동친다.


# (과거) 비생식 연구 네트워크 내부. 대낮.

원탁 응회암 앞에 둘러앉은 교육생과 연구원.
귀뚜라미, 쓰르라미, 쌕쌔기, 철써기 소리 동시에
울려 귀를 찌른다. 교육생들 경악한 표정. 아랑곳
없이 연구원은 계속 말한다.

**누 선생**　생식과 비생식의 기준은 자신 안의 신을 깨닫는 것이다. 신이란 무엇인가. 그것은 악이다. 우리의 몸이다. 아무런 선택권도 주지 않고 우리 안에 뿌리박힌 번식의 수레바퀴다. 더 나아지려고, 더 가지려고, 자기의 영역을 더 넓히려고 온갖 방법을 동원해 오직 자기의 유전자만을 남기려는 간악한 욕구다. 우리의 다리와 날개가 그 켜켜이 쌓인 악을 증명한다. 우리 연구소와 저술가들은 우주에 퍼진 우리의 동지들에게 그 악의 결과를 전한다. 두발이엄지들이 이 행성에 남긴 폐해를 낱낱이 알린다. 또한 우리는 경쟁과 우열의 수레바퀴에서 뛰어내려 비생식의 길을 간다. 신이라는 껍질, 그 고치를 뚫고 나와 더는 진화하지 않는다. 멈추고 절제해 우리가 가진 것에 만족한다. 진화의 헛된 욕망을 버리고 산산이 부서졌던 과거의 절망에서 비생식의 교훈을 찾는다. 아직 인간이 탄생하지 않은 행성들을 향해 우리의 실패를 전하며 동지들을 일깨운다.

귀뚜라미, 쓰르라미, 쌕쌔기, 철써기 소리 동시

에 귀를 찌르고, 그 모든 풀벌레 소리를 압도하는 천둥이 울린다.

나는 믿을 수 없었지. 티끌트윙클이 튀어 오른다. 우리의 번식과 진화의 노력이 악이라면, 그 악이 두발이엄지를 만들고, 두발이엄지가 만든 기술들이 이 행성에 재앙을 몰고 왔다면, 하늘의 번개가 땅 위에 다른 섬광을 일으켜 되돌릴 수 없을 만큼 이 세계를 망가뜨렸다면, 누 선생의 말대로 생식하지 않는 편이 나았어. 누 선생은 우리의 무분별한 노력이 어떤 결과로 이어지는지 잊지 않으려면 재앙 이전의 기록을 찾아 연구해야 한다고 했지. 수억 년 진화의 결과물인 인간을 제대로 알고, 그들의 생태를 분석해 우주에 퍼뜨려야 한다고 했어. 또 한 번, 우리의 성공과 발전이 인간을 만들어내지 않도록. 잎벌레는 잎벌레로 그치고, 새는 새로서 족하고, 포유류는 뇌를 크게 만들거나 직립하지 말아야 했지. 그래, 나는 누 선생의 말을 믿고 따랐어. 하지만 이제 멈추고 싶어. 나는 비생식을 끝낼 거야. 신이 악이라면, 그 악이 우리의 날개를 만들고 두발이엄지를 만들었다면, 나는 그 악에 올라타겠어. 번식하고 살아남아 나와 이어진 다른 생명들에게 내 느낌을 전해주고 싶어. 나는 수레바퀴를 굴리겠어. 그 바퀴에 내 몸이 짓이겨진대도, 우리가 낳은 인간이 또다시 같은 잘못을 되풀이한대도, 나는 또 다른 버들과 호랑을 만들고 싶어. 설령 그게 악이라 해도 그 악은 끝없이 희망을 품고 이 세상에 새로운 생명을 만들어내니까. 태어난 아이들과 태어날 아이들과 태어나지 못한 아이들. 터무니없을 정도로 흥겨운 나의 이 도약과 떨림을 그 애들에게도 전해주고 싶어. 그러니 버들과 호랑은 비생식 암컷 엄지가 아니야. 나를 낳았으니까. 내 안에서 어리석은 꿈을 일으켰으니까. 나는 다시 나에게서 탈피하고 있어.

**# (과거) 비생식 연구 네트워크. 저물녘.**

빈 실험실. 동굴 밖 노을이 지는 삼나무 숲 배경으로 교육생들 목소리 들린다. 모습은 보이지 않고, 누구의 말인지도 분간할 수 없다. 인간의 귀로는 들을 수 없는 우리의 주파수로 말한다. 인간의 귀에는 그저 정적 같은 바람 소리 이어진다.

삼나무 숲의 붉은빛 조금씩 짙어지고, 먼지처럼 작은 날벌레들 원을 그리며 돈다. 그 모습 천천히 멀어지고 멀어져 점처럼 작게 보인다. 마치 우주의 별들처럼 아득하다. 별인가? 벌레인가? 구분할수 없다. 반짝이고, 뱅뱅 돌고, 흔하디흔하다. 인간이 그 숫자를 헤아리려고 세는 동안 별 하나가 죽고 벌레 하나가 탄생한다.

그리하여 우리는 그들의 기록을 끝내지 못한다.

모필자가 말한다.

누 선생은 비생식 연구 네트워크의 모든 창작 문서는 긍정적인 문장으로 끝마칠 것을 권했다. 기쁨과 환희로, 두발이엄지들에게 닥친 불행이 이 행성에 이롭다는 연구소의 신념을 저술가들의 글을 통해 재확인할 것을 원했다. 하지만 정말 그러한가.

필자는 호랑과 버들의 마지막 기록에서 들려오는 비와 천둥소리를 듣는다. 폭우를 피하는 모기처럼, 풀잎에 매달려 두 여자의 소리에 귀 기울인다. 그리고 더는 그들의 기록을 되살려내지 않는다. 분석하고 가공해 우리의 언어로 바꾸지 않는다. 우리는 우리의 목적과 판단을 멈추고 호랑과 버들을 놓아준다,

우리는 그들을 놓아준다.

두발이엄지들이 파 내려간 아름다운 땅굴 길(이른바 참고문헌)

• 이대암, 『우리 곤충 200가지』, 상서각, 2020.
• 안수정, 『노린재 도감』, 필통, 2010.
• 정부희, 『사계절 우리 숲에서 만나는 곤충』, 지성사, 2015.
• _____, 『곤충의 밥상』, 보리, 2021.
• 스콧 R. 쇼, 『곤충 연대기』, 양병찬 옮김, 행성B, 2015.
• 메이 R. 베렌바움, 『살아 있는 모든 것의 정복자 곤충』, 윤소영 옮김, 다른세상, 2005.
• 안네 스베르드루프-튀게손, 『세상에 나쁜 곤충은 없다』, 조은영 옮김, 웅진지식하우스, 2019.
• 제임스 나르디, 『흙을 살리는 자연의 위대한 생명들』, 노승영 옮김, 상상의숲, 2009.
• 데이비드 조지 해스컬, 『숲에서 우주를 보다』, 노승영 옮김, 에이도스, 2014.
• 데이비드 조지 해스컬, 『나무의 노래』, 노승영 옮김, 에이도스, 2018.
• 이우신, 『한국의 새 생태와 문화』, 지오북, 2021.
• 데이비드 앨런 시블리, 『새의 언어』, 김율희 옮김, 윌북, 2021.
• 레이첼 카슨, 『바닷바람을 맞으며』, 김은령 옮김, 에코리브르, 2017.
• 허복행, 『번개와 천둥』, 홍릉, 2021.
• 롤란트 크나우어, 케르스틴 피어링, 『내일 아침 99℃』, 강혜경 옮김, 돌베개, 2016.
• 국립생물자원관 한반도의 생물다양성 https://species.nibr.go.kr.

# 탈피의 여름

전승민

> 하나의 연주에 또 하나의 연주가 쌓여
> 계절의 겹을 이루지.
> 나는 그 소리로 기록한 두 여자의 이야기를
> 듣고 있어. (p. 151)

아, 이것을 도대체 무어라 말해야 할까.

우선, 내막을 말하자면 이렇다. 사건의 발단은 겨울로 거슬러 올라간다. 어느 곤충인들 그렇지 않겠냐마는 내게 겨울은 몹시 잔혹하다. 해가 떠 있어도 하루 종일 밤처럼 추운 낮이 계속된다. 기온이 떨어지면 몸이 꼼짝없이 얼어붙어서 말 그대로 정말 죽을 것 같지만, 또 그렇게 쉽게 죽을 순 없으므로 나무껍질과 나뭇잎을 실로 엮어 추운 겨울 동안 칩거하며 그 누구와도 만나지 않겠노라 선언했다. 그런데 어느 겨울 날, 크리스마스가 오기 2주 전쯤이었던가 빨간집모기가 언제 우체부로 취직했는지 등기라며 우편물을 하나 주고 갔다. 풀어 보니 두발이엄지 암컷 두 마리에 관한 기록이었다. 누 선생이 특임 연구원으로 있는 비생식 연구 네트워크에서 발간한 최신 연구 저작물이었는데, 모기도 공저자 중 한 명으로 참여해 의외의 면모를 보여주었다. 그의 필명은 '모필자'라고 했다. 참내! 모필자라니! 평소 그의 유머 감각은 익히 알고 있었지만 이 정도일 줄이야. 모필자라고 한다고 해서 정체를 숨길 수 있을 거라고 생각했다면 오산일 테다. 하지만 정체를 숨기고자 한 것도 아니었으리라. 자연은 모든 것을 드러내고 흐르게 하니까.

우리 도롱이들은 겨우내 문을 걸어 잠근다. 나뭇잎과 나무껍질로 꼼꼼히 도배한 몸이자 집 속에서 연구소에서 발간한 간행물들을 읽는다. 곤충들이 열심히 갈고 수놓은 텍스트들을 검토하고 연구 결과에 대한 평가서를 작성하면, 그것은 대개 늦봄을 지나 초여름쯤에 비공개 문서로 연구소에 도착한다. 그런데 지금, 당신이 이 기록물을 읽고 있다는 것은 세 명의 공저자가 참여한 『환희의 책』에 대한 나의 연구 평가서가 공개 문서로 발행되었다는 뜻이다. 두발이엄지들에 관한 내부 문건은 비공개가 원칙이지만 그것이 우리 곤충들을 포함해 지구에 사는 다른 동식물에게 자연의 거대한 신비를 조금이라도 알릴 수 있는 특별한 결과가 나왔다면 그것에 한해 간혹 공개 문헌으로 발행하기도 한다. 물론, 두발이엄지들도 읽을 수 있도록 갉작임과 거미줄, 그리고 헤모글로빈의 기록은 그들의 언어로 번역되어 전해진다. 이번 문건의 번역은 벼룩과 개 한 마리가 맡아주었다. (내가 살고 있는 집의 마루 아래에 거주하는 벼룩에게 두발이엄지어를 할 줄 아는 개를 소개받았다. 그러니 만약 이 글을 읽는 당신이 두발이엄지라면 당신은 벼룩과 개 한 마리에게 큰 빚을 지고 있는 셈이다.) 이 책에 담긴 연구는 지구에서 살아가는 모든 존재자들, 버들과 호랑, 식물과 동물, 그리고 우리 곤충 동지들에게 꼭 필요한 진실을 전한다. 이제부터 그 진실의 내용을 말해보려 한다. 나는 이 연구를 검토하며 아주 많이 우는 바람에 몸을 감싼 나무껍질이 모조리 젖어 힘들기도 했고, 깔깔 웃다가 실밥이 터져 큰일 날 뻔도 했다. 당신도 그러한 각오를 하고 읽기를 권한다.

୧୨ଚ*

### 1. 저들은 자신들이 하는 일을 모르나이다

이 연구의 주체가 우리 곤충들이라는 사실을 다시 한번 중요하게 상기하고자 한다. 곤충은 인간, 두발이엄지들이 그간 나머지 존재들을 어처구니없게 뭉뚱그려놓은 비非인간의 범주에서도 특히 소외되어왔다. 그들이 동물과 식물, 그리고 돌과

---

* 이 도장이 들어간 모든 문서는 나, 도롱의 검토를 마친 문서임을 증빙한다.

같은 무생물들에 주목하며 자기중심성을 극복하려는 시혜적인 제스처를 보이는 동안에도 우리 곤충은 그다지 주목되지 않았다. 인간은 다른 종에게 제멋대로 이름을 붙이며 분류하고 질서를 부여했다. 모필자의 말대로 나 역시 그러한 작태에 관하여 "모욕감에 눈앞이 뿌예질 지경"(p. 30)이지만 우리에게는 인간이 행하는 동일한 잔혹을 행하지 않을 "손윗생명"(p. 14)으로서의 존엄이 있다. 우리가 당한 폭력에 응보적인 폭력으로 똑같이 대응하는 것은 소박한 보복에 그칠 것이며, 대신 우리는 그간 지속해온 연구를 보다 심화해 두발이 엄지들이 모르는 지식을 그들에게 전해주는 관대한 소통과 화해를 시도하려 한다. 본 연구가 보여주는 바대로, 우리는 모필자의 미세한 흡혈관, 집 유령거미의 투명한 방사형 거미줄, 티끌트윙클의 뜀박질 속에서 그 어떤 존재자도 발견하지 못했던 자연의 비밀이 누설되는 것을 목격한다. 비인간의 범주에서 소외되어온 곤충과 마찬가지로 호랑과 버들, 두 레즈비언의 삶은 두발이엄지가 자신들의 생애를 연구할 때 (비)의도적으로 누락해온 존재의 영역을 보여준다. 그러므로 이 연구는 대상에 관해 매우 적절한 자격을 갖춘 이들이 행한 관찰의 기록이겠다.

또한, 『환희의 책』이 이미 발표된 선행 연구 「저녁놀」*과 「이옹 이옹」**에서 제기된 문제의식을 확장한 연구의 총체라는 점 역시 중요하다. 지구에서 살아가는 모든 생명체는 번식한다. 그렇다면 번식하지 않는 생명체들은 자연에 위배되는가? 연구의 결과에 따르면 그렇지 않다. 모필자(빨간 집모기)가 모기임에도 불구하고 "비흡혈 비산란"을 지향하고, 공저자인 집유령거미(#)가 거미임에도 불구하고 집을 짓지 않고 육식하지 않는("비정주 비육식 지향"[p. 25]) 존재임을 고려한다면 재생산을 하지 않는 생명체 또한 분명 엄연히 자연의 일부임을 납득하게 된다. 자연은 동일성의 원리가 일관되게 지속되는 세계가 아니라 우리가 예측할 수 없는 불가해한 차이들 속에서 생동하는

* 김멜라, 『제 꿈 꾸세요』(문학동네, 2022)
** 김멜라, 『2024 제15회 젊은작가상 수상작품집』(문학동네, 2024)

무질서한 질서, 카오스로 이루어진 세계다. 『환희의 책』은 "비생식 동거 집단"의 한 사례로 세 마리의 곤충이 두 레즈비언 여성을 관찰하며 인간이 비인간 담론을 연구하면서 지속적으로 누락해온 자연의 거대한 비밀을 밝힌다.

선행 연구에서 보다 구체화된 본 연구의 문제의식은 두 가지다. 하나, 우리 생명체가 살아가는 삶은 어찌하여 그토록 많은 죽음을 내포하는가? 둘, 이에 대해 두발이엄지들이 보이는 감정은 무엇인가? 그들은 왜 두려움과 행복이라는 모순된 영역을 정신없이 오가는가? ("저들은 자신들이 하는 일을 모르나이다."[「누가복음」 23장 24절]) 이러한 문제의식과 함께 본 연구를 상세히 살펴보며 우리는 누 선생이 강조한 "자기 안의 신을 깨닫는 것"*이 무엇인지 비로소 온몸으로 이해하게 될 것이다. 그것은 바로 지금까지의 우리 몸을 구성해

---

* "생식과 비생식의 기준은 자기 안의 신을 깨닫는 것. 신은 언제나 여섯 개의 발로 우리 아래에 있다. 날개로 우리를 들어 올린다." 김멜라, 『환희의 책』(현대문학, 2024) p. 23.

온 껍질을 벗어던지는 일, '나'를 탈피하는 일이다.

## 2. 인간이 만든 벽을 부서뜨리고 싶어서

연구의 서술은 동일한 각각의 현상에 대해 세 명의 저자가 자기만의 서술 형식으로 다층적인 접근을 시도한다. 티끌트윙클은 가장 표층적인 관찰의 서술을 매끄럽게 정리하고, 집유령거미는 자신이 목격한 생생한 장면을 시나리오의 형식으로 재현하고, 모필자는 그 모든 것을 총체적으로 종합하는 해석자의 면모를 보여준다. 요컨대 이 연구는 세 마리의 곤충이 저마다의 시선으로 두 레즈비언 두발이엄지를 관찰한 기록물인 동시에 인간의 삶을 자신의 삶과 겹쳐두며 곤충으로서의 자기 존재를 반추하고, 자연에 대한 심층적인 탐구로 나아가는 자기기술지auto-ethnography의 일종이기도 하다. 독자는 인간에 대한 이해와 더불어 각각의 서술자들이 자연 세계를 이해하는 방식을 함께 살펴볼 수 있다.

집유령거미의 장면화 서술 속에서 독자는 호랑

과 버들의 시공간을 자신만의 시선으로 추체험하고, 해당 장면에서 무엇을 느끼는지에 따라 각자가 그간 세계를 인식해온 틀을 재확인하게 될 것이며 그 틀이 (무엇이든지 간에) 산산조각 나면서 부서지는 파격의 경험을 할 것이다. 자연에서 공거하는 평등한 존재자들로서 우리는 서로의 내면을 감히 이해할 수 없다. 사슴벌레의 집게발이 아무리 날카로워도 잠자리의 '마음'을 손 안에 그러쥘 수 없는 것처럼 말이다. 중요한 것은 우리가 이 연구, 또는 일상의 만남을 통해서 이해하게 되는 것이 결국 '나'의 인식을 경유한 해석물이라는 점이다. 이에 따라 집유령거미는 서로 다른 존재 사이의 소통이 지닌 근본적인 한계를 겸허하게 받아들이며 서술한다. 그러나 두발이엄지들은 자주, 자신이 상대를 완전히 이해할 수 있다고 믿어 의심치 않고 많은 실수를 저지른다.

티끌트윙클은 틱, 톡, 튀어 오르는 뜀박질로 자신이 이해한 국면을 기존의 자연 현상과 연관 지으며 차분히 서술한다. 두발이엄지의 생태와 곤충의 세계는 자연의 서로 다른 부분들로서 연결되어 있다. 가령, 버들과 호랑이 경험한 인간 남성의 성폭력은 두발이엄지들의 세계에만 나타나는 것이 아니다. "수컷 빈대가 암컷 빈대의 배나 가슴, 심지어 머리에 지독한 상처를 내서 억지로 생식기를 꽂는"(p. 35) 것과 같은 폭력이 자연에도 산재한다. 인간이 비인간을 말하면서도 아직도 이해하지 못하고 있는 중요한 부분은 바로 이 지점이다. 공동 육아를 하는 황제펭귄처럼 인간이 선한 것으로 여길 법한 면모가 자연의 모습인 것만큼이나 악과 폭력 또한 부인할 수 없는 자연의 일부이다. 그러나 인간은 좀처럼 그 사실을 받아들이지 못한다. "인간이 차마 요정이라 부르지 못하는 죽음의 요정인 바이러스가 언제나 인간 곁에 도사리고 있건만"(p. 62)이라는 티끌트윙클의 서술은 그러한 진단을 뒷받침한다.

　호랑의 죽음 충동과 버들의 우울증은 인간이 그들 스스로와 맞지 않거나 자연스럽지 않다고 치부해온 악의 구체적인 모습 중 하나이다. 모필자의 날카로운 지적은 이를 정확히 비판한다.

인간들은 그것을 우울증이라 부른다.

버들을 관찰한 기록에도 약물의 흔적이 남아 있다. 항불안제와 신경안정제들, 그 화학 분자들이 버들의 몸속에 스며들어 버들의 전자신호들을 꺼버렸다. 더는 슬픔과 절망을 느끼지 못하게 만들었고, 동시에 기쁨과 즐거움을 느끼는 스위치도 내려버렸다. 버들은 하룻밤을 지나 다음 날 오후가 될 때까지 잠의 지느러미에 매달려 우울의 바다를 헤엄쳤다.

필자로선 버들의 그 심해 탐험이 어째서 병으로 취급되는지 이해할 수 없다. 필자의 톱날침을 걸고 맹세하건대, 잠처럼 우리를 숨겨주고, 잠처럼 우리를 도약하게 만드는 시간의 순간 이동 단추는 없다. 잠이야말로 우리가 발명해낸 고치 만들기의 비법이자 우리가 우리 안으로 신비를 불러 모으는 탈피의 방식이다. (pp. 64-65)

인간의 이름 짓기에 따르면, 겨울의 대부분을 자는 것으로 보내는 버들은 양극성정동장애라는 병리적인 상태에 놓인 것으로 진단된다. 그러나 모필자가 말하듯 우울은, 조와 우울의 반복은 비정상의 상태가 아니다. 그것은 "한쪽으로 팽팽하게 당겨지는 것. 완전히 움츠렸다가 보이지 않을 만큼 높이 튀어 오르는 것"(p. 87)에 다름 아니다. 우리 도롱이들도 겨울 내내 나무껍질로 몸을 칭칭 감고 긴 잠을 잔다. (물론 많은 서류들을 검토하지만 그보다 자는 시간이 훨씬 더 많다. 어쩌면 잠 덕에 그 많은 문서들을 읽을 수 있는 것일 테지만.) 남들보다 좀 더 많이 잔다고 해서 슬픔과 절망, 기쁨과 즐거움을 느낄 수 없다니, 이 무슨 얼토당토않는 일인가! 두발이엄지의 삶 역시 곤충의 삶처럼 어떤 시절과 주기로 반복되는 시간의 연속체이고 슬픔의 계절과 기쁨의 계절이 서로 다른 시점으로 찾아온다. 그뿐이다. 일부 인간의 삶의 양태를 정상으로 재단하여 표준시처럼 기준으로 삼고 그와 어긋나는 모습을 비정상으로 치부하다니 이 얼마나 어리석은 일인가. 인간의 이름 붙이기는 고약하다. 모필자가 말하듯 그것은 특별한 '심해 탐험'의 시간이며 티끌트윙클의 말처럼 "사람들이 보지 못하는 빛의 파장을 보는"(p. 75) 버들만의 고유한 시간이다.

그러나 왜 이런 일이 발생하는가? 아이러니하게도 이러한 부조리 또한 자연이 인간에게 부여한 자연스러운 현상이다. 두발이엄지에게는 뇌라는 기관이 있는데, 여기에서 많은 착오와 비극이 태어난다. 그들이 "죽음을 끌어안고 어쩔 줄 몰라 하며 사는 내내 불안에 떠는 것"도 뇌 때문이다. 모필자의 해석에 따르면 뇌에 있는 무겁고 비대한 대뇌피질이 그들을 "관념의 척추"(p. 52)에 옭아맨다고 한다. 우리 곤충은 뇌가 없다. 인간의 뇌와 같은 역할을 하는 신경질이 있으나 그것을 뇌라고 할 수는 없다. 관념의 척추, 즉 저마다의 생각과 언어의 세계 속에서 살아가야만 하는 것은 두발이엄지가 생래적으로 지닌 근본적인 한계다. 그러나 자연이 부여한 모든 한계는 동시에 가능성임을 잊지 말자. 버들이 호랑에게 같이 죽을 수 있다고 말하는 것이 존재의 파국이 아니라 죽음까지 함께하겠다는 사랑의 표현으로 이해되는 것도 결국엔 전두엽에서 작동하는 이해 체계 덕분이니 말이다. 우리 곤충은 이해할 수 없는 것을 두발이엄지는 서로의 뇌를 통해 언어의 표면뿐 아니라 그 너머의 마음까지도 헤아린다. ("깊이깊이 파고들어 서로가 서로의 몸에 딱 알맞은 무덤이 되었지." [p. 51]) 이처럼, 삶과 죽음, 그리고 생성과 파괴의 양립이야말로 자연의 흐름이다. 이 **모순된 공존**을 자연의 가장 큰 원리로 담담히 수용할 수 있을 때, 우리는 두발이엄지가 그간 잘못 쌓아 올렸던 인식의 벽을 무너뜨리고("나는 인간이 장애란 말로 가로막은 벽들을 부서뜨리고 싶지."[p. 75]) 갇히지 않고 흐를 수 있다.\*

## 3. 사랑의 주문, "자연으로 돌아가!"

연구에 등장하는 '번개'는 자연이 보여주는 죽음과 우울, 그리고 파괴의 역설적인 국면을 보다 구체적으로 증빙하는 사건이다. 버들은 다른 두발이엄지에 비해 특별한 예지력을 지니고 있어서

---

\* 죽음이 자연의 흐름으로 접속하는 한 가지 양태임에 관한 보다 상세한 연구는 김멜라, 「이응 이응」(앞의 책)을 참고할 것.

누군가의 죽음을 미리 예감하고, 호랑과 다른 인간들이 보지 못하는 것을 본다. 친구가 번개와 함께 '돌아간' 것이라고 말하면서도 다른 이들의 삶을 보호하려 한다. 정작 사람들은 버들이 내보이는 그녀의 상처와 모습을 비난함에도 버들은 그들을 사랑하기를 포기하지 않는다. 재난을 피해 짐을 꾸리면서도 다른 이들을 저버릴 수 없다고 호랑에게 단호히 말한다. 호랑은 상처받는 듯하다가도 이내 그것이 자신을 향한 더 큰 사랑임을, 나아가 이 세계 자체를 향하는 사랑임을 이해하고 자신도 버들이 하는 그 사랑에 동참한다.

버들의 목소리는 사람들에게 스미지 못하고 중간에 얼어붙었다. 눈송이처럼. 차갑고 녹기 쉬운 슬픔과 외로움의 결정체들이 쌓이지 못하고 흩날렸다. 그런데도 버들은 자기를 열고 세상으로 뛰어들었다. 그것이 사랑이라고 믿었다. 믿음이 너무 커서 아무것도 증명할 수는 없었지만, 그건 분명 세상을 향한 버들의 사랑이었다. 손바닥에 쇠못이 박히는 순간조차 기도가 나오는 사랑, 동냥 그릇에 침을 뱉으며 욕해도 지그시 미소 짓는 사랑, 불타는 장작더미 위에서도 웃음이 비어져 나오는 사랑, 사랑의 병자, 사랑의 구둣발. 다른 말로 돌아가거나 포장지로 가릴 수 없는, 알맹이 그대로의 사랑. (pp. 90-91)

여기에서 우리는 버들과 호랑, 두 레즈비언 두발이엄지가 보여주는 사랑의 양태에 주목할 필요가 있다. 흔히 인간의 사랑은 성애적인 것으로 기쁨이나 만족, 행복과 같은 단어로 정의되곤 한다 (이것은 내가 그간 읽어온 다른 연구들에 기반한 결론이다). 그러나 버들과 호랑이 보여주는 사랑은 앞서 말했듯, 서로가 서로의 '무덤'이 되어주는 일, 파괴와 우울, 슬픔과 죽음의 국면까지도 끌어안는 모순적인 특성을 보인다. 검토자의 입장에서 보아도 기이한 현상이었다. 수컷 두발이엄지들이 일관되게 보여주던 폭력성, '사촌 오빠'와 '술 취한 남자 친척' '동네 슈퍼 할아버지'와 '남자 선배' 그리고 사건을 방관하던 '아버지'까지, 곤충의 시선에서는 도무지 이해할 수 없는 현상이지만 수컷 빈대가 그러하듯 이 또한 두발이엄지의 생태에 자리한 엄연한 자연일 것이다. 그러나 동족에게 이같은 폭력을 당하면서도 그들에게 동일한 차원의 폭력적 보복을 감행하지 않는 그녀의 위엄에 나는 몹시 놀랐다. "자연으로 돌아가!"(p. 106)라는 주문으로 그 모든 저급함을 일격에 날려버리는 버들의 모습에서 우리 곤충들이 보여주는 존엄의 극치를 재발견할 따름이다. 세계의 악을 경험하고도 여전히 선을 믿고, 그러면서도 악이 언제든 이유 없이 내리꽂히는 뇌우처럼 나타날 수 있음을 아는 이 두 레즈비언의 믿음은 바로 서로의 존재에서 나오는 것이라고 한다. ("세상엔 한시라도 빨리 자연으로 돌아가야 할 '자돌이'가 많았으나, 그러나, 그렇다고 해도, 그런 세상이라도, 세상은 버들을 만들어 호랑의 곁에 보내주었다. 그것이 호랑이 이 세상이 증오로 가득 차 있지만은 않다고 믿는 이유였다. 그것이 호랑이 버들의 옷과 신발을 정리하며 버들의 욕망과 버들의 상처, 버들의 조증을 이해하려는 이유였다."[p. 107])

온갖 상처와 폭력, 악행 속에서도 계속 열려 있

기를, 그리하여 흐르기를 바라는 두 사람의 모습은 두발이엄지들이 그토록 자주 쓰는 윤리라는 말에 대한 이해를 돕는다. "관념의 척추"에서 파생된 것이 분명한 '윤리'는 그러나 내가 이 연구물을 읽으면서 이해한 바에 따르면 삶과 자연의 아주 구체적인 경험적 실제 속에서 산출되는 결과이다. 버들의 말, "나도 그렇다고, 나에게도 당신의 그 상처가 있다고."(p. 110)라고 적어둔 티끌트윙클의 기록이 이를 증거한다. 한 개체의 경험이 다른 개체를 향하는 폭력이 아니라 오히려 이해와 공감, 접속으로 나아가 하나의 흐름으로 함께 열려 있기를 욕망하는 그들의 태도가 바로 인간이 추구하는 '윤리'라는 것의 실질적인 내용임을 알려준다. 그러므로 두 레즈비언들이 제시하는 인간의 윤리는 추상과 관념의, 자연과 유리된 인간만의 무엇이 아니라 바로 이 자연 속에서 함께 살아가는 존재자들의 얽힘이 발생시키는 거대한 힘인 것이다. 이러한 맥락에서 버들이 가지고 있는 특별한 예지력은 자연 속에서 멀리 떨어져 있는 존재자들의 고통을 미리, 현재적으로 교감할 수 있는 아주 기이하게queer 아름다운 능력인 것이다.

서로의 상처 부위를 만지는 두 여자를 관찰하며 티끌트윙클이 제기했던 중요한 질문, "한 사람이 살아가기 위해선 얼마큼의 애정이 필요할까? 어떤 높이의 시선과 어떤 깊이의 포옹이 빛처럼 물처럼 채워져야 하지?"(pp. 50-51)라는 물음은 참으로 난해하다. 그러나 본 연구가 시사하는 바에 의하면 그것은 버들에게 호랑이, 호랑에게 버들이 있는 것처럼, 단 한 사람만으로도 인간은 충분히 살아갈 수 있는 듯하다. 이는 비생식 연구 네트워크가 지향하는 주요한 가치, 번식과 생식만이 존재의 본질이 아니라는 사실로 정확하게 이어진다. 자연 속 존재자들의 본질은 공생이다. 벽이 무너진 자리에서 또 다시 흐르고 이어지고, 접속하는 흐름 안에서 함께 살아가는 일이다.

두발이엄지들은 수컷과 암컷의 교미로 자손을 낳아 대를 이어왔다. 그러나 호랑과 버들은 둘 다 암컷이기에 교미를 통한 번식을 할 수 없다. 이는 두발이엄지족의 특성에 부합하지 않는 비정상적인, 혹은 병리적인 특이성이 아니라 오히려 두발이엄지가 보여주는 놀라운 특이점singularity으로 해석되어야 한다. 연구에 기록된 모든 애무와 구애의 기록을 통해 우리는 지구의 생물종이 보여주는 또 하나의 특별한 사랑을 목격하며, 그에 따라 우리 곤충이 그간 축적해온 두발이엄지에 관한 지식이 새로운 차원으로 갱신된다. 두발이엄지의 사랑은 자손의 재생산을 초과하며 다른 개체를 향한 이타적인 사랑, 모두에게로 전염되는 거대하고 강력한 힘을 지녔던 것이다! 그들의 뇌에서 생산된 "관념의 척추"는 우리 곤충들을 제멋대로 분류하고 줄 세웠으나 그 척추가 지닌 이성에는 "사리분별에 밝은 이성이 아니라 어둠과 미지를 두려움 없이 직시하는 이성"(p. 128) 또한 포함되어 있었음이 밝혀지는 것이다.

모필자가 기록한 대로, 버들과 호랑이 감각하는 그들만의 고통은 시공간을 초월해 모필자에게로까지 전해진다. ("그 아픔은 지금 그들의 기억을 되울림하는 내 신경 마디들에도 영향을 미치고 있어."[p. 103]) 언어를 통한 소통은 관념의 벽을 넘어 전달된다. 마치 우리의 기록이 갉작임과 초음

파, 거미줄을 통해 흔적으로 전해지는 것처럼 말이다. 그들은 대뇌의 언어 작용으로 종족을 유지해왔지만 그들이 온갖 재앙과 파괴, 혼란의 국면 앞에서도 살아남을 수 있던 것은 소리와 글자 너머의 영역, 만짐의 영역을 통해서였다. 그것은 흔히 삽입 성교라 말해지는 두발이엄지의 사랑의 행위를 초과하는 사랑의 한 예시이다. 이것을 **촉각의 사랑**이라고 명명하자. 모필자가 아주 훌륭하게 이를 기록했지만 그 심연에 관한 탐구는 우리의 과제로 남는다. 가령, 겨울 내내 이 연구를 검토한 나에게도 아래의 대목, 모필자가 남겨둔 궁극의 물음은 아직 완전히 해결되지 않았다.

가을밤, 노란허리잠자리 한 마리가 알을 낳았다. 반짝이는 빛 위에 정지 비행을 한 채 알로 부풀어 오른 꼬리를 탁탁 내리치며 산란했다. 모든 게 헛수고로 돌아간 것이다. 그 아스팔트는 연못이 아니었다. 검은 길을 비추는 가로등 빛을 수면에 비친 달빛으로 착각해 바보처럼 군 것이다.

사랑에 관해 필자가 말할 수 있는 건 그것뿐이

다. (p. 165)

인간이 부어둔 딱딱한 아스팔트를 연못으로 착각해 알을 낳으려다 실패한 모기의 모습 속에서, 그는 "비생식이란 패배의 징후인가?"(p. 167)라는 질문을 추가적으로 발견한다. 암컷이 수컷을 만나 짝을 이루는 것만이 두발이엄지의 사랑이 아님은 본 연구에서 이미 충분히 드러났다. 그렇다면, 대관절 이 사랑이란 것은 도대체 무엇이란 말인가? 알 것도 같고 여전히 모르는 것도 같다. 버들과 호랑이 보여주는 사랑의 모습은 나의 도롱이 껍질을 걸고 말하건대 어디에서도 본 적 없는 특별한 양태이므로 본 검토서에서 완벽한 해석을 시도하기에는 아직 이르다는 것만을 밝혀둔다.

∽

이 여름, 긴긴 잠을 끝내고 두 날개를 펼치며 뜨거운 햇빛을 만끽하고 있는 지금 이 순간, 나는 그들의 기록 앞에서 알 수 없는 떨림을 느낀다. 놀람과 경이, 신기함과 아름다움, 그리고 이 모든 느낌을 압도하는 자연의 거대한 흐름! 이 연구물의 제목에 적힌 '환희'는 바로 이 모두를 아우르는 말이다. 훌륭한 연구를 수행해준 모필자와 집유령거미, 그리고 티끌트윙클에게 진심 어린 감사를 전한다. 본 연구를 통해 우리는 두발이엄지에 대한 새로운 지식을 획득했으며, 우리가 다른 생물종으로서 함께 공유하고 있는 지구, 그 위를 흐르는 자연에 대한 더욱더 심도 있는 이해로 나아갈 수 있었다. 호랑과 버들의 사랑은 두발이엄지들이 오랜 세월 동안 집요하게 탐구해온 '윤리'가 바로 직접 삶을 살아낸 자의 고통에서 출발하는 것임을, 그리하여 우리를 구속하고 있던 낡은 이름들로 세워진 벽을 파괴하고 하나의 유동하는 흐름 속으로 녹아드는 것임을 말해준다. 그것이 바로 누 선생이 말한 '자기 안의 신'을 발견하는 것이다. 두발이엄지들도 이를 이미 알고 있었다!

기록물의 형태로나마 그들의 삶을 간접 경험하고 마주한 이 계절은 실로 환희의 여름이다. 나의 두 날개가 겨울을 지나 이 여름에 드디어 태어났

듯, 이 연구를 읽는 모든 독자는 예외 없이 탈피할 것이다. 이 연구와 검토서를 읽는 동안 당신의 손 끝에서 만져지던 것은 다름 아닌 당신의 허물이다. 그러므로 당신이 호랑과 버들을 만나기 이전, 그리고 이후의 시간은 결코 같을 수 없다. 우리는 버들의 주문에 따라, 자연으로 돌아간다.

처음부터 소설에 곤충의 이름을 잔뜩 집어넣자고 생각한 건 아니었습니다.

산책길에 보는 나무의 이름을 궁금해 하고, 그 나무들에서 들려오는 새소리에 반가워하다 우연히 나무와 새를 이어주는 곤충에 호기심이 생겼습니다. 알면 알수록 어쩌면 그렇게 생기발랄하고 다채로운지 마치 어두운 가슴에 하나둘 불이 켜지듯 놀라움이 끊이질 않았습니다. 곤충뿐 아니라 자연을 연구하고 책을 써 내려간 사람들의 흔적이 참 좋았습니다. 한 줌의 흙이 만들어지려면 적

어도 2백 년이 걸리고, 그 흙 속에 우주의 별만큼
이나 많은 미생물이 있다는 사실이 저에게는 먼저
깨우쳐야 할 '진실'로 느껴졌습니다.

먹는 잎에 따라 외피의 색이 달라지는 잎벌레들
을 보면서 저는 곤충의 한살이가 저의 연인의 어
떤 면과 비슷하다는 걸 알게 되었습니다. 연인은
겨울이 되면 길고 긴 잠을 끝없이 갈망하다 날씨
가 따뜻해지고 경칩이 되면 개구리가 동면에서 깨
어나듯 잠자는 시간이 줄었습니다. 한없이 잠에
빠져 있고 싶은 상태와 도무지 잠을 이룰 수 없게
만드는 불가해한 각성은 계절에 따라 바뀌는 기
후와 깊은 연관이 있었습니다. 그러고 보니 곤충
은 대부분 겨울잠을 자고, 봄이 되면 일제히 깨어
나 생의 에너지를 폭발하지요. 곤충뿐 아니라 많
은 식물과 동물들이 절기에 따라 자기의 바이오리
듬을 크게 바꾸어 갑니다. 그런데 왜 인간만은 계
절을 가리지 않고 매일 똑같은 시간에 일어나 같
은 시간 동안 일하라고 강요받는 것일까요. 인류
가 문명을 이루며 살아온 시간이 1만 년이고, 곤충
이 탁월하게 환경에 적응해온 시간이 대략 3억 년

이라고 한다면, 3억 년을 지나온 존재의 생체리듬
이 이 지구에 더 알맞은 것 아닐까요. 아니, 그렇게
숫자를 근거로 합리성을 따지기 전에, 그저 잎벌
레의 시선으로 본다면 사회가 비정상으로 분류한
인간의 어떤 모습은 실은 참으로 '자연스러운' 상
태가 아닐까요.

곤충의 생태를 조금이나마 알고 나서야 저는 이
소설을 시작할 수 있었습니다. 그들의 시선이 저
에게 더 자유로운 길을 열어주었습니다. 어쩌면
글쓰기의 여러 난관을 피해 가고자 비인간의 시점
을 이용해 잔꾀를 부린 건지도 모르겠습니다. 톡
토기나 모기의 입장이라고 하지만, 그 발화의 형
태나 내용은 지독히도 인간적이니까요. 자연과 곤
충에 관한 이야기는 과학 분야의 책들로도 충분한
데, 굳이 제가 소설로 쓴답시고 그들을 의인화하
여 인간의 관념을 덕지덕지 붙였으니 거듭 몰염치
하다는 뉘우침이 지금까지 이어지고 있습니다.

그러니 작가의 말에서 사적인 이야기는 접어두
고, 참고문헌의 어느 부분이 소설에서 어떻게 변
용되어 나타났는지 마치 색인처럼 세세하게 적어

볼까 하고 몇 단락 써보기도 했습니다. 끝까지 소설의 톤을 유지해 땅강아지 울음으로 된 '버들과 호랑의 첫 키스 기록'을 기이한 악보처럼 써볼까 궁리도 했습니다. 하지만 그것은 가상 화자를 이용해 인간의 이야기를 쓰는 것보다 더 교묘하게 글쓰기라는 작위로 저 자신을 숨기는 일입니다. 이 소설을 쓰게 한 추동력에는 자연을 향한 경이감과 감탄이 있었지만, 자연이 주는 그러한 해방감은 연인을 바라보는 저의 틀에 박힌 시선을 깨뜨려주었기에 더 특별한 감동으로 다가왔습니다. 저는 사시나무잎벌레의 한살이, 풍뎅이의 한살이, 무수한 다지류들의 삶을 미약하게나마 알고 나서야 비로소 저와 가장 가까운 사람의 생체리듬을 온전히 받아들이게 되었습니다. 울퉁불퉁한 그 삶의 주기를 기쁘게 함께할 수 있는 용기가 생겼습니다. 그 생각의 전환점이 가져다준 상쾌함을 어떻게 다 설명할 수 있을까요.

소설을 쓰면서 저는 '버들'과 '호랑'의 세계에 사는 나무와 새를 하나하나 찾아갔습니다. 절기를 나누어 어떤 곤충이 어떤 식물을 찾는지 조사하고, 같은 시기를 보내는 한 연인의 일상을 써나갔습니다. 그러다 보니 어느덧 현실 속 저 자신에게 든든한 지원군이 생긴 기분이었습니다. 만약 어느 한 시절에 저와 연인이 세상과 동떨어져 힘겨운 시간을 보냈다 해도, 우리는 둘만 있었던 것이 아니었습니다. 미처 알지 못했을 뿐, 우리가 웃거나 아파할 때 우리를 지켜보는 무수한 눈과 섬세한 몸들이 함께였습니다. 저는 그 분명한 사실을 소설로 기록하고 싶었습니다. 그 깨달음이 준 환희를 세상에 전하고 싶었습니다.

참고문헌에 실린 책의 저자와 번역가 그리고 서적을 만들어주신 출판인들께 깊은 감사를 전합니다. 이 소설을 쓸 수 있었던 건 전적으로 그분들이 열어주신 '아름다운 책의 길'이 있었기 때문입니다. 언제나 그렇듯 소설을 뚝 떼어내고 해설만 보아도 좋을 만한 글로 사유의 기쁨을 전해주시는 전승민 평론가님, 반복해 읽으며 글에서 "멜라다운" 면을 찾았다고 말씀해주신 윤희영 편집자님께 진심으로 고마움을 전합니다.

# 환희의 책

지은이 김멜라
펴낸이 김영정

초판 1쇄 펴낸날 2024년 7월 25일

펴낸곳 (주)현대문학
등록번호 제1-452호
주소 06532 서울시 서초구 신반포로 321(잠원동, 미래엔)
전화 02-2017-0280
팩스 02-516-5433
홈페이지 www.hdmh.co.kr

ISBN 979-11-6790-262-7 04810
     978-89-7275-889-1 (세트)

* 책값은 뒤표지에 있습니다.

# 현대문학 핀 시리즈 소설선 ─────